閒中觀影

舒國治　著

聯合文叢 765

目次

自序

書名叫《閒中觀影》，是與我在聯文的前一本書《窮中談吃》有一個對仗。

我注意的**吃**主要在**窮**的時光，而剛好我早年的**觀影**，也都在**閒**的狀態下。

這個**窮**，不知何故，於我很重要。乃成年後的我，甚至中年後的我，很感念這個**窮**。

我幾乎常常講：「我一輩子受惠於貧窮」這樣的話。因為窮，我樂於生活簡略，不事繁飾。也因此不愛追逐榮華，亦即，人生很容易就混過去了。

也由此，因貧窮而得出了許多**閒**。這閒，便在兒童時全用來看電影矣（請參〈老電影與逝去的時代〉一文）。

那時（五十、六十年代）的臺北小孩，因為擁有的東西太空無了；沒有錢，沒有玩具，沒有人生框架，遂成為，有了很多「閒」。也於是許多人找到了電影。

當然，觀影也需要錢。但整的來說，門檻頗低。尤其免費的觀影（像空場上架起一張布，像有些單位的禮堂之放映……），極低價的門票（二輪戲院……尤其「臺北學苑」的兩片只一元……）也頗多。

因為看電影，我自幼即很具「目力」。乃太多事它的前因後果，我雖是小孩早就一霎時已了然於胸。也於是我常說，我們因兒時看太多電影，自然就獲得許多「世故」。

這是人生很奇妙的學問。他們說「世事洞明皆學問」，我們小孩沒到社會去接觸世道，但經由觀影，也早具備了這種學問。

甚至因為埋頭於觀影，不怎麼理會家庭或學校或周遭社會所平日生發之「人與人之間總有之事」，反而可能有一點「逃開了不少世俗」。

好比說，社會中常講的「婆媳之間」事，或家中兄弟爭產事，或機關裏同事傾軋等事，我從小就覺得「他們怎麼在這些小東西上弄出如許多紛擾？」

莫非我有點用編寫故事者的角度來俯看那些世俗百姓的愚昧嗎？

因為廣看電影，我發現我也很懂日本。

我曾在文章中談到我懂日本，有一部分是因為　我是寧波人（注1），更大一部分是童年看日本片（注2）。

兒童最先攝取的，還是劇情。或說，劇情中的外觀動作（尤其是打鬥）。不然也是人的情態。 然看著看著，也會看到風土。 而這便是日本片最豐富之處。

也因為童年愛看電影，養成了「人窩在暗黑房子裡不理外間事」的精神上之習慣。 也即：逃避。

後來少年時愛熬夜、愛沉迷牌桌…………甚至不願一早非得爬起床來奔去上班…………都其實跟早年愛看電影的此種度日方式深有關係。

本書中少少幾篇文章，粗略道出了我自小孩以來碰撞上的電影人生。 但皆沒說得詳盡。

像藝術片便沒特別著墨。而日本片我深有感想，但也只淡淡說個幾句（小津、黑澤明）。美國片我最看得多，但這裏也只雜亂談了一些（休斯頓、庫柏力克、老片、細節、舊金山、Drive-in）。

國片呢，我也愛說幾句。這裏談了胡金銓、宋存壽、侯孝賢、楊德昌，也不少了。

文章的出現時段，也可一說。〈大導演庫柏力克〉寫於一九九九年，乃他剛過世。然沒說得完盡，隔了幾年，再加寫了兩倍長度，投給上海陸灝先生編的《萬象》雜誌。

〈也談小津〉一文，為了紀念小津一百年，侯孝賢主持的電影學會，將編一本小津百年的特刊，邀稿寫成。

同樣的年分，二〇〇三年，還寫了〈老電影與逝去的時代〉。

接著一直寫到了二〇〇四年的〈雲煙過眼——談電影細節〉。

這書中還收了一九八六年寫的〈雜談表演〉，一九八七年的〈約翰・休斯頓——電影與人生渾然一氣〉（他逝世於該年），以及一九九〇年寫的〈美國露天汽車電影院〉。

而疫情前後還寫了黑澤明、宋存壽、Sam Peckinpah 小文。

注1：「寧波人的港口，很易見日本的貿易，而器物也會流通。寧波的外海，原就多見日本的船隻、海的另一面的那個國家，他的風俗，他的漆器、甚至醃魚，甚至他的海盜，自宋明以來，相信寧波人早就有瞭解。宋時日本僧人在中國修行佛學後，返程常在寧波等待上船。據說他們會買木雕佛像，帶回日本。而寧波也有高超的工匠。」

——引自〈京都喚出我的發現心〉，頁九，《門外漢的京都》新版自序，新經典文化，二〇二二年。

注2：「幼年看日本片是一種極有趣、搞不好也極有價值的經驗。主要是，全只能收取畫面。得到的，是純然的「印象」，不是理解。是日本式的意象。日本人的動作，跑步的，走路的，演戲的，都好奇怪噢，好特別噢。他們是另一種人種似的，活在古代遙遠的自幽空間。若非如此，他們怎麼會那麼走路、那麼樣的做動作？

聽不懂他們講話，看影像就已極豐富了。並且潛移默化的吸收了太多的日本淒楚、風情瀟湘之美感。至若日本電影裡的打鬥，那就更棒了。他們劍客的行於路上的氣勢，戴起斗笠的那種高不可測，還有揮動刀子的那種近距離之極有把握，哇，真是看電影的最高樂趣。

更別說那些《猿飛佐助》、《赤胴鈴之助》、《黃金孔雀城》等的幻術武打片，更是教孩子們著迷不已！這一切，都陪著孩子作著迷離幽淒的夢。而這夢裡的景致，或許成為後日的某種眼界。」

——同前，頁十——十一。

閒中觀影

演員與時代

一九七五年，約翰・休斯頓（John Huston, 1906-1987）拍出了那部他想了幾十年的《大戰巴墟卡》（*The Man Who Would Be King*, 1975），主角是史恩・康納萊（Sean Connery, 1930-2020）與邁寇・肯恩（Michael Caine）。這部吉普林（Rudyard Kipling, 1865-1936）的原著小說，休斯頓早在四十年代便有意拍成電影，當時他屬意的演員是克拉克・蓋博與亨弗萊・鮑嘉。總之，一時沒成。五十年代末，蓋博與鮑嘉兩巨星殞落；六十年代，休斯頓也想過李察・波頓與彼得・奧圖，終沒成真。

老實說，蓋博或是鮑嘉這兩個美國人，能否飾演兩個十九世紀八十年代在印度當過兵、頗有些浪跡冒險、卻又深具跑江湖騙徒式能耐的英國軍官，令人感到疑慮。　他們不像。　尤其鮑嘉太都市，身軀一點也不像跋涉過荒野，且神情恁是緊凝，動輒取菸燃吸，以作為擠迫嘴角快速說出犬儒話語的一種間歇停頓。更別說他們太美國，於是動作中自然而然的攜帶著太過科技便利後的一股文明慣性。

《大戰巴墟卡》故事講述兩個離役的留印英國軍官，想往印度更北的東阿富汗，一個叫 Kafiristan 的地區去稱王。結果真做到了，也獲得了金銀珠寶，但在最後一刻，康納萊對權力的迷戀，或是對美色的迷惑，終至無法全身而還。此片結局，令人想起休翁一九四八年的《碧血金沙》（*The Treasure of the Sierra Madre*, 1948），亦是「人為財死」主題。《碧》片一向被譽為休翁最高傑作，亦是好萊塢遠赴「故事現場」（On Location）拍片的最早例子，然片中墨西哥高山跋涉的實景，可說拍得極少，頗教我這種很想觀看旅途過程的人甚覺失望，甚而要懷疑主角亨弗萊・鮑嘉太過都市化、壓根不願登山之類原因所致。

相較之下，《大戰巴墟卡》的一步步漸入極峰的群山旅程描寫，確實好多了。而休斯頓已是七十老人。此片並不攝於阿富汗，而是攝於摩洛哥。而片中的大量臨時演員，如那些僧眾等，何等難能的搭配，造成此片世外絕境的異地感。

臨時演員予人遠境觀賞情趣

《大戰巴墟卡》距今才二十多年，猶不算我心中的老片，然片中，這些臨時演員竟也能予我飄緲遠境之觀賞情趣。近年返顧老片，比較更願多細看一抹過往時代的跡象，而比較不在乎老明星丰采之重溫。

事實上，明星，常破壞了你對那時代之淺淺品嘗。配角，他的那張臉孔反而不至破壞觀眾對片中該個時代之不經心注意。

《教父》（*The Godfather*, 1972）一片，已有三十年老了，偶爾回看，最感驚嘆的，是它的時代呈現，亦即，它的風土形貌；而絕非帕契諾說的那些「侮辱了我的智慧」流氣口白。片中屋內屋外，有人進出；窗門形樣、桌椅布列；車來時，誰人引進；教父見客時，何人站立旁邊；誰前誰後，誰站誰坐；諸多項目，最是好看。

顯然，柯波拉必是很熟悉五、六十年代老日子中某些演員的模樣（形象），於是他會找到機會讓他們再「重新現身」。且看《教父》第二集艾爾・帕契諾已是新教父，他的妹妹帶了新男友來，這新男友竟是脫埃・唐納荷（Troy Donahue），當年演《花蕊戀春風》（*Rome Adventure*, 1962）、《畸戀》（*A Summer Place*, 1959）等片的紅小生。而演 Hyman Roth 這老狐狸的，是「方法演技」大師 Lee Strasberg。哇！這些人迸的一下現身在我們眼前，簡直太驚艷也。這就像多年後李安拍《推手》找來了王萊、拍《臥虎藏龍》找來了鄭佩佩、一樣教人心中一震，道：「是她啊！真不簡單！」

《教父》第一集中與帕契諾談判的警察，竟是 Sterling Haydon。安排兩方在小餐館會談的中間人，面目猙獰，叫 Al Lettieri，此人六十年代演過太多惡人配角。七十年代山姆・畢京柏的《亡命大煞星》（*The Getaway*, 1972，史提夫・麥昆演），他便是那窮追不捨的惡狠殺手。另一個黑手黨大老 Barzini，雖老仍極帥，便是 Richard Conte 所演。

有時看《教父》，實可以是為了演習此片的「選角」（Casting）工程，柯波拉找了太多有趣的老角色，令人重溫昔年眾人面貌的一鱗半爪。柯波拉恁厲害，三十出頭的小伙子，卻對時代的細節如此掌握豐潤！

若想細細品賞老的時代，常只能依靠品看老演員。

《大戰巴墟卡》

《教父》
中間坐的是 Sterling Haydon，右邊是 Al Lettieri。

《紅菱艷》

用的雖是安徒生寓言式的故事，卻講出歐洲人早已擅長的精神分析來探討女性之人生。

女性藝術家，如脫俗，最後會不會步入精神潰損之深淵？

《紅菱艷》

Anton Walbrook 把最黃金年月的歐陸（尤其是世紀之交的維也納版本），在本片用優雅儀態、世故談吐偶而尖酸之形象呈現出來。

《紅菱艷》（*The Red Shoes*, 1948）中的芭蕾舞團團長萊蒙托夫（Anton Walbrook 飾），是那個年代歐洲如此的高貴，如此的傲慢，如此的挑剔，如此之壓抑他內心的嫉妒又如此不動聲色，幾乎可被稱為「時代所賦予的矜持」的那怪人。觀賞他，便成了觀看這片子扣人心弦的情節推演。觀賞他，令我們似乎知道了歐洲某些文化、某種氣味。

《道茲渥斯》（*Dodsworth*, 1936，威廉・惠勒導），華特・休斯頓（Walter Huston, 1884-1950，導演約翰・休斯頓的父親）能將一個美國中西部汽車大亨的富裕氣派演得如此自然，又能將那年代美國人白手成功的質樸簡略不經意的全然流露出來，這令觀賞者很感到信服於那樣的國風民情，甚而很感親切喜歡那樣的年代。

休斯頓的美國道茲渥斯，與 Walbrook（1896-1967）的歐洲萊蒙托夫，何等的不一樣，又何等的令人印象深刻。

《道茲渥斯》
這是我極為喜歡觀看的「中西部片」中的其中一部。
乃中西部在十九世紀孕育了極多的機械的發明家。像飛機的發明者與汽車的發明者。

《道茲渥斯》
這張 Walter Huston 的模樣，有一點汽車大王亨利福特的味道。

《碧血金沙》
三個美國落魄江湖的人，卻懂得到鄰近的墨西哥追尋財富，淘金。

《碧血金沙》
Walter Huston 雖是來淘金，然也因緣際會地投身進入了另一個世外桃源——極為落後極為與世隔絕的墨西哥。

《踏虎尾的男人》
用真實的森林卻搬演出舞臺上抽象般的戲劇。這是早期黑澤明讓人已能見出必然要成為大師的端倪。

《踏虎尾的男人》
弁慶（大河內傳次郎）和源義經。

黑澤明早在一九四五年拍過一部小品《踏虎尾的男人》，片長不到一小時，總共只有幾堂景，卻是教人屏息凝視，允為他最出色的三、五部片子之一。此片演員，如飾弁慶的大河內傳次郎（1898-1962），皆為舞臺上早有成就的高手，當然也是三船敏郎出現前便早領風騷之士。如今觀看他們，教人覺得五、六十年代後他們漸少現身（志村喬除外），實是對「時代」二字最好的維護。

周遭之趣更美

近年我看的日本老的劍道片，常常忘了注意主角與打鬥，所注意的全是布景，如庭園、農舍、武士宅邸、城堡、松林、古廟等這些古時的清美生活空間。

所謂周遭之趣也。

美國片《父親與我》（*Life with Father*, 1947）所呈現的十九世紀末紐約市，與《小鎮》（*Our Town*, 1940）中二十世紀初的新英格蘭小鎮，都流溢了不少美國早期的生活情氛。這只是少數的例子，須知我們看過何其多的美國片，我們早就對美國潛移默化的認識頗深，有時我們自己都驚訝。

雖然好萊塢是明星制度的始作俑者，卻仍有不少老片攜帶著更多的「周遭之趣」。

為什麼不能全片皆由配角來完成？君不見像黃藥師那麼重要的角色，還真必須由配角來飾。

《亂世兒女》（*Barry Lyndon*, 1975）除了雷恩・歐尼爾外，所有的演員與場景皆是那麼怡於觀賞。

配角，眾多的冷落的配角，反而幫忙保存住時代。

演員最好別令自己太「明顯化」，亦即，太「明星式的頻頻現身」。凡有法

《父親與我》

《小鎮》

蘭克・辛納屈這種永遠無法融入故事（或任何人生處境）的通俗面孔之電影，我怎麼也提不起興趣去看。　而中國的楊志卿、李允中、井淼、姜南等配角演員，構成今日我倘要稍瞥一眼邵氏老片的較主要因由。　老面容，提供想像老年代的一絲絲甚至不大重要的線索。　但即使如此，也好。

——原刊《中國時報・人間副刊》，二〇〇三年九月二十四日。

雜談表演

演員對人類社會的影響力，極廣大又極深遠。你很難想像一張深具表情的面孔放大在電影畫面上，會有多少人從這上面傳授到強大的信息。人們閱讀這張臉，盯著看，一絲細節也不放過，任何皺紋、微細睫毛，完全收入眼底，並且這張臉從不逃避。於是觀眾知道這張臉，可能比知道自己的親人、朋友還多；因為他有時不好意思盯著人看，也有時看人時眼光還須游移到附近環境，更有時那被看者會動來動去，甚至避開眼光。往往，演員自己的親人有時沒有觀眾來得清楚這演員。很可能梅莉史翠普的媽媽原本不清楚女兒的鼻子那麼歪，一直要到鄰居看了她演的電影後告訴梅媽媽，她才知道。

*

你不能只是喜歡演，而是你根本已經在演了，一直在演了，在每一剎那、每一場合。太多的演員對戲劇表演有極度的感懷，不能自已，有極度的熱愛，但那仍是普通人一逕在做的工作，並不如此便是演員。太多的演員你可從舞臺上或銀幕上看見他們的表情儀態是「想演戲」，而不是「演戲」。連導演有時也常有這種誤解；他叫他的演員去這樣，或那樣。像達斯汀霍夫曼，他不算太差的演員，但他在銀幕上許多特寫，觀眾一逢上那種特寫，便很靈敏如多年習慣一樣的開始凝神閉氣的去注意，他們知道戲要來了，然後他的眼角開始稍皺，嘴巴略開，再終於整個五官一起推出一分半苦笑卻哀愁的無可奈何之表情，這是近日表演之通象。「表演」之通俗化，亦是一種一傳十、十傳百的惡性傳染病。許多電影特寫便是要演員此時做一個原本不必要卻又是近時非得靠它才能受觀眾了解的動作。而這動作之完成，也是讓觀眾稍能停頓藉機抒發一下情懷的一分世俗化電影韻律。這種韻律進行愈受到大眾之多次吸收，便愈逼使電影的正常自然韻律受人誤解；同時人的原本感情之受了解程度便有了扭曲或改異。當然，這和社交習慣是同樣道理，你愈是和許多人哈拉點頭做社交上表情，便愈是自然因襲了許多沒有其真切意義的動作。所以過多的聳肩、過多的擠唇微笑、過多的說 well 時故作考慮之停頓等，皆因此不逕而走地布滿了全世界各地角落。社交多或社會接觸多，當然也會迷失或蒙蔽人類的反應，甚至迷濛了事態的本相。

所以，訓練演員，不但有許多階段是要令他廣見世態、閱人無數，還有太多的過程是要他完全幽閉。不和人飲咖啡談笑，不接電話，甚至不看報、不看書。甚至將房子內所有的鏡子拿掉，讓他連自己的表情也不讓看、不讓模仿、不讓知解。安東尼奧尼曾說：「演員的工作不是去了解，只要去是他所是便成了。」

*

講到表演天分，那是存在於世界各處的一件東西。不但在戲臺上、電影上、主角配角不一的臉上或身上，也在酒館的酒保、朋友家的小孩、中學時在講臺上的老師、巷口賣燒餅的人，但也同時在每個人的想像力裡。便因有想像力，才使得表演藝術沒有止境，也才使得演員一直想追求另外不同性格的可能性。讓我們不妨再回到前面講的「是早已在演，而不是喜歡演」這路上。舉個例子，假如胡茵夢，不，舉張三為例好了，假如張三是好演員，即使走下電影銀幕，他仍隨時在演戲，並且瞬息萬變，從不覺疲累。當然他不是裝腔作勢，把人家問他的話用莎劇對白來用感情再現一次地回答人家，而是他有一種神祕感或一種多面感。假如他出現在一次酒會上，人家一見他常覺得與銀幕上完全不一樣，好像說，他像一個尋常人一樣。結果有一素不相識的人問他一些以前的經歷，他或許能答說他曾經砌磚頭，而用的語調與講話時的身肌動作，能讓那人信以為真。而事實上不是，但他並不是惡意欺騙，他要有那種讓人覺得是真的藝術，並且當告訴他人他是胡謅的（不論是他告訴或是別人告訴），他人仍能不生氣。這藝術要求一來不講太多，只兩招便讓人信極，隨之便離開，如此事後那人得知真相不會因陷入太深而生氣。二來要出以半玩笑式或雙鬧式，使人又覺能信，但若將那事體解成另一貌時又可以通。總之，這就是那演員的藝術，我們即使舉出很多方法，但於他而言，他只是自然敏感地發揮，未必循方法或理則去練就的。

另外他的模樣也是隨時在變。你我知道，太多的差勁演員知道穿不同衣服、換些眼鏡戴戴，便以為面貌就變了，或表演時機、人生情境就變了。當然這淺極。好的演員，只換一條褲子、微彎一下腰，走路稍做修改，便從一個尊貴雍容的文雅女士頓時變成一個社區普通主婦。她或許再做一兩個和善的笑容，說一句「That's really kind of you」這種俗盡的討好話來益顯社區婦女的無聊生活與過度表現假客氣，就這麼把藝術給透發出來了。還有，他們不做大修改，這又是中庸之道了，他們只變成這種普通人（如社區主婦），若演癡呆人或重病人這種誇張性格，便沒有意趣，並且也不合自然之「稍放即收」了。

*

前說這些「演員」，不一定指真的「職業演員」，有太多的普通人本身就是這些即興戲劇之愛好者與實踐者。或許我們在朋友間遇見過，或許在朋友的朋友的派對上見過，也或許我們的想像力就常夢及這種表演行為。有一些人，我們一見就感覺他有一種魅力。不是說他的性感或學識或寬厚待人的魅力，而是說他有一種象徵「人生多變」的魅力。也就是具象地說，他有一種類似演員的魅力。當然，他不一定演戲，甚至他不在生活中演戲，例如他心常繫別的（如工作、如運動興趣、如閱讀或旅行興趣），但你知覺他這分魅力，總讓你想多注意他或與他對談，多知道他。又或許他這分特有品質真可能拿來演戲也未可知。

事實上，太多的導演是有鑑識這種魅力的人，並且一眼就夠。雖然許多導演仍不講究精緻演技或甚至常用差劣演員。導演看人的高度洞察眼光與將那人的神話潛力盡致發揮，這兩路有時不是一回事。其中除了商業因素外，最大的理由實繫於導演對人生情境之想像力到達何種程度。換簡單的話說，就是他的藝術最細微深邃的部分，最渴望挖掘所及者能達何許。

你若不是細緻到家的藝術家，你要的表演也不必太過精深，便已能合乎了。

電影中的「選角」便是此事。能選角不一定能拍好片，就像能鑑賞畫不見得自己能畫。

這說回演員本身，也有可談之處。演員有時很知道什麼是好的表演，或思想上知道應如何如何，卻就是表演不出來。這種情形自然很麻煩、很苦惱，但這情況只有一句話──追根究柢之後──便是才分不足。

藝術必須劍及履及，靈光閃現。這是勉強不來的。像前面說的，他不是想做好它，而是根本就在做了。並且不是「做」出來的，乃「是」也。

好演員真是很苦命的。他們的無休無息，是文學家、畫家猶自比不得的。他們的每一剎那都像中邪附魔一般，一直在表演狀態中。他們在咖啡座上不是在聊天，是在表演。他們在公園板凳上拿一包花生米不時丟給鴿子，不是在餵動物，而是在他的藝術工作上。他與電梯門童含笑示意後仰頭望天花板，皆是他不歇的神聖工作之一。他一直在表演。為什麼，他或許生來如此，他必須一直沉溺在對變化流動的人生諸貌的美感渴求中。　　他無法叫自己不這樣。

當然人生也是一場大選角。你隨時看見合你意或不合你意的人，你隨時知道或想像面前這陌生人成為朋友的可能性，或甚至對之有種渴求感或隱憂。並且，你必須對日後成為可能配偶的人已然看見他性格與你交集之多少 與將來生活之各種片面可能細節面貌，如他在廚房的背影或他看你時的心不在焉等等。　　這是什麼？這是生活經驗也是想像力。而這份東西的真實貫徹，便是 **表演**。

——原刊《中國時報・人間副刊》，一九八六年二月二十二日。

也談小津

在萬隆的一家餃子店吃了十多年水餃，味道很好。但這家店的酸辣湯與玉米湯我從來沒點過。十多年來，我想老闆娘一定覺得奇怪，當然她也沒問過我。若她問我，我會怎麼回答呢？

我常麻煩她給我一碗餃子湯，當然嘛，「原湯化原食」。另就是，我更傾向於喜歡自然形成的湯，如餃子湯；而不喜歡硬做出來的湯，如酸辣湯、玉米湯。

就像便利商店賣的幾十種鋁箔包的飲料，幾乎一樣也沒喝過，一樣也不曾注意過。它們被我稱為「編製過的水」，而不是我平時喝的「自然形成的水」。

小津安二郎藝術之登峰造極，論之者多矣，我亦最拜服，雖我懂曉他鐃是淺薄。他的電影，便是我所謂「自然結成的劇情」。不同於大多數電影是「編出來的劇情」。小津的這杯水，不同於眾多花樣繽紛的飲料，它滋味更雋永。

正為了達到「自然結成」，小津絕不用電影手法去妄自改動真實。譬似他絕不用倒敘鏡頭。倘說及往事，能用口說的，便主人翁口說即是，絕不攝一畫面嵌入。譬如取出一張相片介紹對象，多半不拍那相片，非必要也。又既然前述相片未被攝下，則其後女主人翁偷偷瞧一眼真實對象，此對象亦不攝取。此言《麥秋》（1951）一片之例也。

又「自然結成」是如此不易，小津連攝影機也不輕作移動。攝影機不動，則人物必須移動；人物先在廚房，一走走到主廳，則攝影機早在主廳恭候，拍入。人物問知爸爸在樓上，便轉身登樓，下一鏡頭攝影機亦早在樓上相待人物自梯口現身。

西方電影的横向搖攝或自下登上的升攝，小津絕不取。一來西洋電影陳腔慣使的攝影陋習不免來自商業娛樂片輕浮傳統，尤以導演不知如何面對當下劇情時便隨興驅動影機，二來小津素知日本家屋緊促空間與人物緊密相繫關係，原本惟有此法方能恰如其分的呈現真實。

小津在攝取人物對話上，亦做到形式完美。兩人對話，甲說一些事，乙說「是嗎」；甲再述說，乙說「這樣啊」；甲接著說，乙又說「是嗎」…………如此，鏡頭先甲後乙，甲長些乙短些，韻律有致，三五句交話後，韻律又推往另一拍子，令之稍有變化，教人自然專注以看，且看得十分舒服。他不愧是將平日事拍得完美之至的「片段篤寫」之巨匠，而他的整部片子亦全由如此精緻的平淡片段所構成。

因皆是平常事所結成的情節，小津影片的起名，常顯得很相似；如《早春》（1956）、《晚春》（1949）、《麥秋》、《秋日和》（1960）等只如是時光變移之字眼，教人抓不住確意。要不便是一些如《浮草》（1959）、《彼岸花》（1958）、《東京暮色》（1957）、《綠茶飯之味》（1952）、《秋刀魚之味》（1962）這類很飄忽的寫意的名字。

有人會說，這教人記不住哪部片說的是哪件故事。是的，或許正是如此，小津正是不希望大家把特定的哪部片很特定的記住，一部一部往下看便好了，每一部皆將它視為「無題」亦可。事實上，在觀者的依稀印象裡，這一部與那一部穿插連接在一道亦像是言之成理。

且看他的人物，多姓平山。這個平山，若年歲大一點，便由笠智眾（《東京物語》（1953）、《秋刀魚之味》）飾演；那個平山，年歲稍輕呢，就由北龍二（《秋日和》）或佐分利信（《彼岸花》）飾演罷了。

《晚春》

《麥秋》

甚至家中的小孩，大的總是叫實，小的總是叫勇（《麥秋》、《早安》（1959）與《東京物語》）。

甚至，這些不同的片子，其主人公吃酒的小店，常是相同的「若松」。

他們生活在相當偪小卻安定穩篤的空間，五倫極是和睦；父母與子女，公司中的同事，中年團聚的中學同學，出遠門訪探親人……等等，這是小津最深情凝視的人生。　而此人生他用很拘限的場景來呈現，且說幾種：一、進玄關，脫鞋，進主廳，男主人翁脫下西裝，丟下手帕，俱落在榻榻米上，女主人翁隨即收拾折疊。　二、辦公室，總是那樣窄窄長長的。有訪客，則很有禮儀的對話。進室前，或敲門或有人領進。　三、小酒館，人倒酒、喝酒極是輕巧熟稔，彷彿很得品嘗此中深味似的。又挾菜吃菜很小口，如有節制。而凡拍酒館，先出一個空鏡頭，呈現招牌及窄窄的弄堂。　四、換景而用的空鏡頭，常有小孩上學

《秋日和》

《東京暮色》

的畫面。

一九九三年九月，我恰因東京影展之便，參觀了小津的九十歲紀念展。其中展出了小津的Pique帽子，這種日本導演（甚至不少日本民眾）原就喜戴的款式帽子，竟然後來成了小津的招牌。今日我們若提說「小津戴的那種帽子」，相信人人知道指的是什麼。

小津頗好相撲，有一幀照片攝於他在蒲田攝影所，與同事合影，大約那是他年輕時玩得最無憂無慮的一段時光。

他體格高大，或許遺傳自母親。小津一生沒結婚，最後二十多年與母親同住在北鎌倉，母親塊頭大，八十多歲時，因家住坡上，便很少出門，為了不願返家時爬坡困難。又她即使生病或太累，也不願讓人揹，主要因「楢山節考」之傳說謂揹老母乃欲棄葬之云云。

小津有在筆記本上繪草圖的習慣。中日戰爭，他亦到了中國，一九三九年四月的日記將修水河渡河戰也繪成地圖，可見的地名有：龍津市、堰頭劉庄、尖山、永修等。

他喜歡的餐館，也記在筆記本裡，並且繪上地圖，如人形町的「四季の里」，澀谷神宮通的「二葉亭」、江戶路一の四的「泰明軒」。另外，他也讀小島政二郎的飲食書。

小津好酒，常有與野田高梧合寫劇本幾十天後，點數飲空的酒瓶共計幾十或上百的趣談。他片中人物亦偶一醉。此他人生頗為自約後偶求釋脫之舉。

《秋刀魚之味》

《東京物語》

他年少時由於父親遠在東京經商，他在鄉下只受母親照料，頗得自由調皮之樂，及受學校趕出宿舍，更因通學之便飽看了當時好萊塢的默片。　小津固然思想開放，行動自由，言語諧趣，但其心底深處依稀有一襲謹約幽寂的牽引，致他終於不得不逐漸成形出今日一部又一部如此精密的作品。小津，他像是全生命融入的藝術家，所有的童年，所有的生活歷練，所有的吃飯、談天，所有的與人相接，所有的觀看市井，皆像是最後沒有了他自己，皆像是全數為了藝術。

他死於一九六三年十二月十二日，距他生的一九〇三年十二月十二日，恰好是整整一甲子，一天不多一天不少，風格何其精密嚴謹也。　曾有外傳他與女演員原節子計畫結婚之說，但內向含蓄的小津，始終不曾言及戀愛或結婚之事。小津死後，原節子從此不再接戲，像是矢志以她的演員事業與小津的離世一起成為過去。

——原刊《中國時報．人間副刊》，二〇〇三年十一月十一日。

老電影與逝去的時代

電影的佳美城市

我們生活在沒有原野、沒有大江，沒有滑雪、沒有衝浪，沒有Mardi Gra、沒有賽佛，沒有趕集、沒有鬥牛的地域，於是我們自然而然愛看電影。也使得我們變成習於活在市井過著柴米油鹽的馴順日子、變成心靈的精神的推想的內視的揣摩的……而非融入荒莽自然而實存於土地山川的人種。

我們從沒有到有。從沒有電話、電視到初見其有。從草萊之地到見其變成水泥叢林。故我們更珍惜初獲之物。也於是更凝視電影上的情節，也於是更相信片中的愛情，甚而認為去為了愛情而死應當是偉大的……等等。

我們若不是有生活中如此多「求富離貧」之殷殷召喚與頻頻演習，其實每人幾乎是可以追隨電影劇情之壯烈、浪漫而完成吾人之一生的。

臺灣昔日的生活愈是簡單平淡，則人需索於電影中的故事便愈是繁麗奇詭。這就是為什麼在小城小鎮好不容易的看到一次電影是何等的令人雀躍，令人全神貫注，令人印象刻骨銘心，令散場後走往回家的路上（連車都無意乘了）還在延續適才的劇中情氛、還在哼唱著主題曲……。

臺北，一向是看電影的好城市。即使是日據時代。高戊昇《一個臺灣人的回憶》書中便說他最喜歡的電影是法國片《望鄉》（*Pépé le Moko*, 1937，朱力恩・杜威維爾導演，Jean Gabin 飾），那是一九三七年。五十年代初，《望

《望鄉》
這部電影，被無數人（如今超過百歲者）視為一輩子最愛的電影。即亞洲如日本與臺灣也有極迷此片者。

《最後逃生》
所有二十世紀初出生的歐洲人皆有一腔對「世界大戰」要吐露的情懷。
孤高的法國大導演 Robert Bresson，用這部逃獄電影來吐露他的二戰胸懷。
當然，著墨多的，依然是人的深深孤寂，以及期待黑洞後方那微微的一小束光。

鄉》仍會在臺北重新上片。我常提說的那時臺北之佳，是你從鴨糞處處、水田密佈的鄉村環境下（像大安區）跳上一輛公車（像20路），二十五分鐘後便可看到法國大導演布列松（Robert Bresson, 1907-1999）的藝術片《最後逃生》（*A Man Escaped*, 1956）。那是電影院雲集的西門町，不少影院的座位超過一千。而那時在菜場買肉，用芋葉包好，紮上草繩，這麼拎回家。多好的年代，五十年代；多好的城鄉兼備，臺北市。

由片名窺見的老年代

六十年代，是我看電影最多的童年與少年期。小學五、六年級時，在作文中也曾用片名一個接一個的來造句，如此的寫出一篇作文來，是為那時候有些學生（未必普遍）的某種 fashion。且製一例如下：

「父親離家時」，給了我「四羽毛」，我身兼「乞丐與王子」，心裡卻有「四十磅的煩惱」，在「寶華尼車站」駕「飛天老爺車」，帶領「一零一忠狗」，往「海角一樂園」找尋「所羅門王寶藏」。穿過了「桂河大橋」，攀上「史家山」，望著「失去的地平線」，此時的我，「一襲灰衣萬縷情」；啊，這真是「最長的一日」，面對「落日餘暉」，終感到這一切不過是「浮生若夢」。

在隔了四十年後的今天乍然想來，這種風尚，會不會僅僅流行於我們那種私立小學？乃這小學全是外省子弟，又創辦人是浙江奉化人，當年多半在上海長住過。想著想著，莫非這種「接電影片名」的遊戲，上海時代便有？

片名，我們從它來選認劇情，也從它來識字，很朦朧的識字。「意亂情迷」，這四字可以冠在太多電影上，但又不知究竟說的是何種故事。「玉女奇男」亦是。「心聲淚影」、「蘭閨春怨」、「芳魂鐘聲」難道不是？電影片名之文縐縐、之

《飛天老爺車》
我童年最享受的片子之一。

《飛天老爺車》
這種「異想天開」，我做小孩時，覺得只有西方人才會有，尤其是美國人。

《浮生若夢》

意大利移民的導演眼中如童話般的美國。

美國，是 Frank Capra 心中童話最美妙的寄託地。《一夜風流》當然也是。

《落日餘暉》

西部片被拍成「俠情化」很典型的案例。

難怪不少人看六十年代末、七十年代初倪匡編劇、張徹導演的邵氏武俠片（如《鐵手無情》等），覺得有此片的影子。

格律森然卻又陳腔濫調（Cliché）等等如此空泛、不著邊際，甚而不特指涉的構字，指出了老年代的美感習尚。　就像老片的打光。也像片頭的邊框與美術字。實則老片片名的起法，大約是昔年《報》時期文人編說部、究劇情、終而起出小說名、電影名的選字習慣。

由電影片名可揣想那時的人對劇情悲喜奇詭之渴要。

那時是何種世界，有恁多的「亂世」（《亂世佳人》、《亂世忠魂》）？有恁多的「魂斷」（《魂斷藍橋》、《魂斷夢醒》）？有恁多的「亡命」（《亡命天涯》）？

那時的女人，竟是如此的烈性；有恁多的「嬌娃」（《鐵漢嬌娃》、《癡漢豔娃》），有恁多的「佳人」（《亂世佳人》、《歷劫佳人》、《戰國佳人》、

《意亂情迷》
希區考克的「心理分析」、「夢境拆解」主題諸片中最出色的一部。也將四十年代最俊最美的男女演員選在一起的力作。

《癡情佳人》——嗟呼，佳人何不幸，必得生於亂世戰國，又且癡情歷劫乎？），恁多的「妖姬」（《霸王妖姬》），恁多的「蕩婦」（《蕩婦怨》）。

於是那樣的人，在那樣的世界，致有那麼多動人的本事，那麼多的「怨」（《深宮怨》、《蕩婦怨》）、那麼多的「恨」（《英宮恨》、《荊釵恨》）、那麼多的「淚」（《紅伶淚》、《孤雛淚》、《母子淚》）、那麼多的「劫」（《田園劫》）、那麼多的「盟」（《金玉盟》、《太陽盟》、《冰雪盟》）。

二輪戲院——老片的溫床

二輪戲院，是六十年代無數老片可以不斷託身、我們觀眾可以不斷重溫的最美妙場所。

首輪片，需申請新執照，得放映五年。舊片，只要拷貝還未毀，常在各地的二輪戲院、中山堂中正堂介壽堂、偏遠的營房、廟會廣場、眷村的空地……廢物利用的盡情輪流放映。其中太多三十、四十年代老片（五十年代片子更不用說，在當時猶算新的）。二輪戲院，極是有趣，是某個年代覘測文化的一種指向；紅樓、新南陽常組成一院線，大觀與大光明，愛國與大同，金山與寶宮。

為了看二輪片，小學生轉兩三趟車到郊外（三重、永和、士林）也不算希奇。聯勤綜合財務處（如今東方中學稍西處）亦有在營區空場上放電影，我看過一部克拉克・蓋博的叫《鐵漢嬌娃》（*The Tall Men*, 1955）之類片名的黑白老片。黎和里中正堂亦放老片，那非得坐32路公車（一小時一班或半小時一班），我小時亦迢迢候車的去看。

臺北學苑，即「青康」，每天放老片，那時一張票一元，節目單一週前已印好，

《再見臺北》
女子玩樂器，甚至組團，六十年代即然。

《再見臺北》
本片留下了不少當年剛興建的臺北，如敦化北路。

《鈕扣戰爭》

《激戰四晝夜》

義大利南尼・勞埃（Nanni Loy）的《激戰四晝夜》（*Quattro Giornate di Nadoli,* 1962）與法國 Yves Robert 的《鈕扣戰爭》（*La Guerre des Boutons*, 1962）我皆以一元看得。尤以《鈕扣戰爭》是多麼奇特的一部片子，講兩個村莊的小孩為爭奪衣服上的鈕扣而戰。敦化北路那時猶荒涼，這說的是六十年代中期；一九六九年文夏演的《再見臺北》，片中的敦化北路像是才新建，但我在其更早時、更荒涼中便已去頻頻觀影了。

藝術片之登岸

起先，我們只是「看電影」，看了很多年，才知道看「藝術片」。藝術片，這觀念其實是第三世界（或「類第三世界」）新興知識分子企盼進階的某種症候群。

藝術片在臺灣，開始有此見解，當在六十年代中期。影評界之行內人士如老沙（鄭炳森）、哈公、黃仁、劉藝等固不在話下，即業界外的俞大綱、顧獻樑、朱西甯、黃華成等文士諸多之探討便即一例。

新一代（四十歲左右及其以下）的深諳選片之內行觀賞者，他們即使自二十年前開始留意藝術片，不免因錄影帶及後來的 LaserDisc 等便利，而極易探觸到早被歸納好的藝術大師（柏格曼、費里尼……）及藝術名作（《四百擊》、《去年在馬倫巴》……）。

他們心中的藝術片，像是俄國的塔可夫斯基（《安德烈・魯布烈夫》、《潛行者》、《鄉愁》）、希臘的安哲羅普洛斯（《亞歷山大大帝》、《流浪藝人》、《霧中風景》）、德國的法斯賓達與溫德斯。有時帶一點老些的如安東尼奧尼，多半時候帶一些年輕的如紐西蘭的珍‧康萍（《鋼琴師和她的情人》），或如大衛‧林區（《藍絲絨》、《我心狂野》）。更多的時侯，他完全擁抱柯波拉（《教父》、《現代啟示錄》），並且不忘記看柯恩兄弟（《巴頓芬克》、《冰血暴》）以及吉姆‧賈木許（《神祕列車》、《不法之徒》）。

新一代的藝術片迷，會看太多的呂克‧貝松（《碧海藍天》、《霹靂煞》、《終極追殺令》）、太多的尚—賈克‧貝內（《歌劇紅伶》、《巴黎野玫瑰》）、太多的奇士勞斯基（《十誡》、《藍色情挑》、《白色情迷》、《紅色情深》），而卻看很少的亨利—喬治‧克魯佐（《恐怖的報酬》、《像惡魔的女人》、《畢卡索天才的祕密》）、很少的尚—比耶‧梅爾維爾（《午後七點零七分》、《仁義》、《影子軍隊》）、很少的雷內‧克萊蒙（《禁忌的遊戲》、《陽光普照》、《雨中怪客》）。

《恐怖的報酬》
法國製冒險片中最舉世震驚者。

《像惡魔的女人》

他們也看過一些希區考克，也看過不少的費里尼，但對於這類所謂「老」片，不大有向下追索的興趣。譬如他看過《驚魂記》（*Psycho*, 1960）與《北西北》（*North by Northwest*, 1959）很覺印象深刻，看了《奪魂索》（*Rope*, 1948）更驚異一個鏡頭連著拍的場面調度何其高超，但電視上播著《艷賊》（*Marnie*, 1964），他偶轉到，竟不會猜想這是誰的片子。

他們早知奧遜・威爾斯，但不會追問為什麼一個大導演既會要拍《偉哉安伯遜家族》（*The Magnificent Ambersons*, 1942）又會要拍卡夫卡的《審判》（*The Trial*, 1962）。他們不想知道拍《熱情如火》（*Some Like It Hot*, 1959）、《七年之癢》（*The Seven Year Itch*, 1955）的比利・懷德是什麼樣的人；他似乎是個愛逗笑的小老頭子，但竟然也拍過《雙重保險》（*Double Indemnity*, 1944）、《紅樓金粉》（*Sunset Blvd.*, 1950）這樣的黑色電影，拍過《戰地軍魂》（*Stalag 17*, 1953）這樣的戰俘營片，比那最最有名的《第三集中營》（*The Great Escape*,

《午後七點零七分》
法國新潮諸健將也會受其影響的導演維爾梅爾（Jean-Pierre Melville）在一九六七年拍出的，領先時代風潮，也帶領時尚穿著，又探討人的孤獨的新派「殺手片」。

《午後七點零七分》
亞蘭德倫的冷峻，也是那個時代極重要標誌。

《午後七點零七分》
本片中亞蘭德倫對著鏡子戴上帽子，然後手在帽緣順著轉甩出去，以及他戴的手錶之薄面，加上西裝、風衣的選取，皆是當年剛起步的 Yves Saint-Laurent 品味之流露。

《陽光普照》

推理小說女作家 Highsmith 小說《天才雷普利》之最早改編成的電影。導演 René Clément 不但捧紅了亞蘭德倫、捧紅了作曲的 Nino Rota（他十二年後作出了《教父》配樂）、捧紅了地中海風光，有可能影響法國的「新潮」（Nouvelle Vague）電影運動的健將如楚浮、高達等。

《偉哉安伯遜家族》

「中西部片」之最受我愛者。是 Orson Welles 的第二部電影（第一部是《大國民》），也是我心目中他最好的、亦最適合他的（乃其中多有他流露之童心與對固有家園及母愛之緬懷；不同於他另外尖刻的諷嘲之片）電影。

《紅樓金粉》

好萊塢與默片不再的一曲哀歌。

此片將大導演 Erich von Stroheim 也拉進來飾一配角，算是對過往美好時代最好的留下印記。

1963）還早十年。

是的，新一代的觀影者，不大有向下追索的興趣。何以如此？我想了一想，乃他們不大有向下追索的材料。亦即，時代變窄了。他們觀影的年代，電影的種類縮小了。並且導演所採擷的故事面貌也已然太單少、太集中了。

由多元類別的電影中無意間獲得之知識

而我們自草萊中「雜食」各式各樣片型的，便呈現另一番視界。這就是為什麼我們既想看一個人從頭到尾拚命的跑、拚命的奔這樣的《里奧追蹤》（*That Man from Rio*, 1964），又想看一個人全片皆在打彈子的《江湖浪子》（*The Hustler*, 1961）。

既想看美國中西部極安靜、卻又極金色燦爛、但人生似又

《野宴》
「中西部片」裡最將美國古舊封閉卻質樸的美好慵懶表露到迷人之極的電影。
我做為臺灣小孩，約六十年前看到地球另一端有這樣的田園與百姓，簡直太可愛也。

《座頭市物語》
《座頭市物語》固然是孩子愛看的劍道片，但潛移默化中，其實看到了多不勝數的日本風土。

《座頭市物語》
正因看過極多這類日本片，長大後到日本遊覽，竟覺得深懂日本！

很迷惘的「地方風情片」如《野宴》（*Picnic*, 1955），如Peyton Place，又想看同樣中西部完全沒有色彩的無知惡人在荒僻農莊犯案的《冷血》（*In Cold Blood*, 1967）。 既樂意看逃出監獄的片子《惡魔島》（*Papilon*, 1973），也樂意看留在獄裡不走、以養鳥為樂的《終身犯》（*Birdman of Alcatraz*, 1962）。 從《座頭市物語》我們知道人瞎了更可令耳朵或其他觸覺更敏銳，自《黑獄亡魂》（*The Third Man*, 1949）我們驚訝於一個城市的地下水道可以建得如此雄偉。

看《偉哉安伯遜家族》，驚訝獲知二十世紀初服裝的流行面貌，並且知道美國的富人在心情鬱悶時，也是會乘船去歐洲旅遊，一去去上個半年什麼的。那是二十世紀的四十年代。 事實上十九世紀六十年代的南方便已如此了；《亂世佳人》中克拉克・蓋博對妻子費雯麗（Vivien Leigh）之不盡母職感到氣憤，便帶著小女兒到歐洲去散心。

《黑獄亡魂》

奧遜・威爾斯（Orsen Welles）據說很想導此片，但製作單位只希望他來演出，並酬以極高之薪，而由卡洛・李出任導演。

結果證明，此決定確實對了。

我們看《海角一樂園》（*Swiss Family Robinson*, 1960）才知道在荒島上如何求生，如何在樹上建屋、在屋上開天窗以觀星星。看《紅河劫》（*Red River*, 1948）中知道牛群晚上棲息時，即使一個鐵鍋鐵盤碰撞出的聲音，也可能嚇得牠們「驚竄」（stampede），這種牧牛的真實事象。

看《英雄不流淚》（*Three Days of the Condor*, 1975；薛尼・波勒克導，勞勃・瑞福演）才知道美國ＣＩＡ（中情局）有一個專門「閱讀」的小組；當年二十多歲正值待業，看此片，很羨慕美國人有這樣的工作。

老年代消逝矣

不能說是今人的功力不行，主要在於電影的好時代早已一去不復返了。

好時代，意味什麼？極多的各業人才共同投入製作，故導演可以不必只敢拍他最在行的窄小世界中之故事。

這只是物質界的論見。好的時代，在於剛好的timing，它必須是全人類對這新的媒體最最產生期望、又最最迸發奇想及創造的年代（即三十、四十、五十）所全神奔放、矢力作出的結果。六十年代後，電影發明至那時，已然太久，開始疲了，開始不興奮了，開始不感新意了，於是便音響化了，便特殊效果化了，便重複了，更甚而是，更多的藝術片及藝術導演躍躍欲上路了。

藝術片固然深探人之心靈，然心靈之為物，近三十年來人們似更需要；五、六十年代以前，人不知是比較健康質樸抑是別者，並不那麼在乎心靈（或許心靈原就被照料得好好的）。他們在乎的，是鬧熱，是遠方的遐想，是雄奇與壯烈，是多之又多、變之又變的故事故事故事。這也是為什麼如今不生產「冒險片」

（Adventures 或 Swashbucklers）了，而我們幼時多的是這種片子，《四羽毛》（*The Four Feathers*, 1939）、《羅賓漢》（*The Adventures of Robin Hood*, 1938）、《所羅門王寶藏》（*King Solomon's Mines*, 1950）…………何也？乃觀眾極想探知遠處的未知世界。

便因老年代有太多對好奇、對天真、對未知等等想獲得滿足的欲需，造成電影的燦爛奔放，造成電影的千奇百異，造成電影的傻勁盎然甚而荒誕不經卻終究是那麼迷人。

——原刊《中國時報・人間副刊》，二〇〇三年七月五日、六日。

約翰・休斯頓——電影與人生渾然一氣

約翰・休斯頓，電影導演、女人追求者、拳擊手、動物畜養家、畫家、業餘鬥牛士、好萊塢式名人、幕後旁白家、生活中的冒險家、演員華特・休斯頓（Walter Huston）之子、演員安姬莉卡・休斯頓（Anjelica Huston）之父、自己也是演員；生於一九〇六年八月五日密蘇里州的小城Nevada，死於一九八七年八月廿八日羅德島州的新港。

生命如同一場電影

八十一年的生命，整個如同一場電影，休斯頓本人就是他的電影中各個角色、多樣故事的集合。

他是十足的電影人，但在嚴格的標準下，他的電影比不上他的同儕如奧遜・威爾斯、霍華・霍克斯、威廉・惠勒等人，然而好導演們都欣賞他、都羨慕他的故事題材，並且深知他的才氣與他沒臻絕頂的原因。他沒臻顛峰的原因，在於休斯頓有太多「旁務」：他興趣廣泛，拍片中途不是一下有女人的麻煩，便是被飲酒或豪賭所累，又有時為了金錢而做倉促的藝術讓步，至於他愛各種冒險（獵虎、深海釣魚、蠻荒旅行），常將拍片與冒險同時進行，甚至將冒險的比重高過拍片。再加上他喜好太大的故事題材，一來他或而不把電影真太看在眼裡，二來也使某些偉大場面的片子變得虛有聲勢。

但說他是十足的電影人，沒有人在這一點上堪與匹敵。休斯頓不但導、演那些片子，他本身就是那麼活著。

休斯頓導演的第一部片子，一九四一年的《梟巢喋血戰》（*The Maltese*

《梟巢喋血戰》

Falcon），使得偵探片的某一類型在好萊塢奠下不移的基石。　一九四八年的《碧血金沙》，是另一大導演史丹利·庫柏力克說他生平看過最好的十部電影中的第四部。《碧血金沙》也開創了好萊塢首次全片在國外實景拍攝之例。　但一九五六年的《白鯨》（*Moby Dick*, 1956）被影評人安德魯·沙瑞斯（Andrew Sarris）說是：「他根本應該自己演阿哈船長，而讓奧遜·威爾斯來導演。」

休斯頓的電影，的確以早期的為最好。　而他本人也如同早熟的藝術家；他從很年輕時就已顯出長者、大師的派頭；因為人高，他總是彎著腰與人講話，而他的聲音有一種尊貴的沙啞，並且用字古雅，這使得他很具吸引力並令人有信任感。像演員亨弗萊·鮑嘉，年長休斯頓六歲，但休斯頓總是叫鮑嘉「小子」（Kid）。

相當受到女人愛戴

至於女人，瑪麗蓮·夢露說她很難想像會有女人與休斯頓做朋友卻能不愛上他的。休斯頓共結婚五次。演《亂世佳人》的奧麗薇・德哈佛蘭（Olivia de Havilland）差點做了他第三任太太。幸好沒有，因為真做了第三任的 Evelyn Keyes 說休斯頓始終讓自己活得像是一個單身漢，可以在宴會裡當著太太與客人的面，和一個女子走進隔壁房間，然後把門關上。結果婚姻維持不長（一如其他幾次）；休斯頓和 Evelyn 離婚時，已使十九歲的 Ricki Soma 懷了七個月的身孕，結果娶了 Ricki 為第四任太太，生下的孩子，就是日後演《愛與死》及《黑手黨世家》（*Prizzi's Honor*, 1985）的女兒安姬莉卡。

製片人柴納克（D. Zanuck）曾說，他不嫉妒休斯頓的才氣或是他的成就，但嫉妒他有這麼多的朋友。善哉此言。好萊塢的人才，何止濟濟；又事功有成、財富敵國之士亦極多，柴納克閱人無數，深知能交朋友者，更是需有一種過人、識人、愛人等綜合才氣。他能言此，一來足見柴納克自己目光如炬，二來足見休斯頓確有過人的感染力。善交朋友，不但說明休斯頓的興趣廣泛、精力旺盛，也說明他有一雙洞明人性的眼力。休斯頓回憶初識海明威時，是在海明威哈瓦那郊外的別墅，大家攜了獵槍上船在灣裡遊憩。結果有人看見水上有動物晃動，原來是大蜥蜴，海明威舉起獵槍就射，大蜥蜴彈了起來，又落入水中，顯然中彈。海明威本要自己下水去拾起獵物，但他太太希望年輕人去代勞，於是休斯頓與同行的彼得一同游泳去找，三、四十分鐘後，空手而回。海明威遂自行前往，涉著淺水的灣，以圓圈的式逐漸包抄他的射擊點，愈圈愈小。海明威在烈日下找了兩個小時，終於找到了那隻蜥蜴，子彈中在牠頭上。而海明威，據休斯頓看，是他見過最堅持到底的人。

本身也是優秀作家

休斯頓自己也是好作家。海明威看過改編自他小說的電影劇本裡，最喜歡的便是一九四六年休斯頓與Anthony Veiller合編的《殺人者》（*The Killers*, 1946）（休斯頓沒掛名）。在當導演前，休斯頓還寫過有名的《約克軍曹》（*Sergeant York*,

1941）的劇本。至於他導的《梟巢喋血戰」、《碧血金沙》，全由自己編劇。他付給存在主義大師沙特兩萬五千美金，得到厚達三百多頁的《佛羅依德傳》劇本，結果不能用。他請科幻小說家 Ray Bradbury 寫《白鯨》的劇本，結果總共寫出一千二百頁來。

除了電影外，休斯頓與許多好萊塢導演不同之處，是他比較是文學的而不是戲劇的。休斯頓與舞臺劇一直沒有什麼關係。這點也可映照他的故事比較是野外的，不堪以舞臺來涵括。至於文學，休斯頓年輕時第一篇小說就投中了孟肯（H.L. Mencken）編的《The American Mecury》文學雜誌。他的電影中許多由文學作品改編，像梅爾維爾的《白鯨》、吉卜齡的《大戰巴墟卡》、馥蘭諾瑞・奧康諾的《慧根》（*Wise Blood*）、達謝・海密特的《梟巢喋血戰》、克萊恩的《英勇紅徽》（*The Red Badge of Courage*），以及傳奇色彩極濃、隱居不為人知的小說家 B. Traven 所寫的《碧血金沙》。

《殺人者》
海明威的《殺人者》，被改編得最佳者。而編劇便是沒有掛名的休斯頓。

《碧血金沙》
早期會在片中露一下臉的休斯頓。到了七十年代，乾脆擔當要角如《唐人街》。

文武雙全天賦過人

但休斯頓不只是文人而已，他是天賦的運動員。他深解馬性，騎術精熟。射擊頗準，打獵釣魚是他多年的興趣。

但最為人樂道的，是他的打拳。

他在高中時，打過以拳擊馳名的「林肯崗高中」（Lincoln Heights High School）的冠軍。那時的他，身高六呎不到，體重一百四十磅，但靠著比別人長的臂膀，再加上靈活的左直拳，使他成為出色的拳手。後來他又在小型拳賽中打，打有賞的那種，贏一局有五元美金。

當年的拳架是開放的，不同於今日流行的把拳貼近下巴的那種。而休斯頓的拳架更不同於標準式，他右拳舉高，而左拳舉低，這比較適應他人高的打法。後來他發現拳王阿里也是用相同方法。

休斯頓不愧是出色的拳手，他觀察出大多的拳手都有一套出拳的習慣順序，例如幾下直拳後跟著出鈎拳或雙拳交擊，當你摸清他的出拳模式後，就差不多立於不敗之地了。因此他當年可以在二十五回中贏得二十三回，成為加州輕量級中響噹噹的角色。約二十年後，正值戰時，休斯頓某次在大製片家塞茨尼克的宴會裡與埃洛弗林起了口角，專演動作片的埃洛弗林（Errol Flynn）問他要不要單挑，結果兩個人瞞著派對中其他賓客，悄悄走到外面院子裡的盡頭，各脫西裝，開始對拳。弗林既高又比休斯頓重二十五磅，在電影海盜片中稱得上「武俠泰斗」，結果這場架打了整整一個鐘頭，埃洛弗林斷了兩根肋骨。

說到迷人的感染力。大約在三十年代末，休斯頓已是深受矚目的編劇（他深知好萊塢非常需要寫劇本的人才，他甚至強烈慫恿那極有才華又領導時代文風、後來成了張愛玲丈夫的賴雅一起投入寫劇本的行業），週薪已是五百美金到七百五美金，寫過《華瑞茲》（*Juarez*, 1939）這麼出色的本子。這時他在南加州聖・佛南度山谷的 Tarzana 建了一座房子，是自己設計的。請一個施工班子來建造。竟然傳到建築大師 Frank Lloyd Wright 的耳裡，萊特透過工班頭子 Rochelle Lewis 說想去看看這幢莊園式的房子。休斯頓當然說很榮幸。看過之後，萊特說，天花板太高了。而休斯頓自己因為個子高，當然設計成高天花板。其他，萊特似乎覺得還不錯。總之，萊特或許對這個有才氣有感覺的年輕電影工作者（兩人差了快四十歲）印象頗深刻。

又過了十多年，萊特也去世了。某次某個處理萊特遺願等事的基金會或什麼的（駐紮在「威斯康辛大學」）和休斯頓說到，說萊特曾提過，假如將來若拍他的傳記電影，他希望「休斯頓來拍」！

意志超人熱愛生命

休斯頓的電影，是男性陽剛的電影。他的主角追求財富（《碧血金沙》），追求權勢（《大戰巴墟卡》），追求自由與勝利（《大勝利》），也追求未知與空無的命運（許多片子皆是）。這些片中主角的浪漫，必須伴隨著冒險、失敗、女人與無限血汗揮灑的運動員精神才得完成。

一九五二年他獲得了愛爾蘭的公民，並且放棄了美國公民身分。他買了愛爾蘭西岸一塊一百英畝地及一幢十八世紀莊園，又在墨西哥長期租了一片印地安叢林領地，在不拍片時與成群的各類怪異動物與價值連城的藝術收藏品住在一起。

他少年時肺部的不夠健康再加上他一生一逕喜好的哈瓦那中型雪茄，使他始終與肺氣腫做長期的抗戰。而八十一歲的壽命，也算說明他的堅毅不倒與熱愛生命的超人意志。

——原刊《美洲時報周刊》第一三三期，一九八七年九月十八日。

大導演庫柏力克

史丹利・庫柏力克（Stanley Kubrick, 1928-1999）是美國導演中極其奇特的一個，返顧他一生歷史，頗有可以一論者。

一九六八年，庫氏以四十之年拍下了所謂影史上空前最具規模的太空片《二〇〇一太空漫遊》（*2001: A Space Odyssey*, 1968）。此後這部電影一直以「史詩」字眼為世人習稱，加以片中電腦名喚HAL（乃比ＩＢＭ每一字母皆先行一位）以及配上大小史特勞斯名曲〈藍色多瑙河〉、〈查拉圖斯特拉如是說〉之奇詭驚異等這類受人談助趣事，益使此片雖令觀眾隔霧看花不甚了然卻似又印象強撼揮之不去。

自一九六八年至他一九九九年死前，三十年間凡有他的電影消息，必是一個超級大導演的消息。此大者，非只是影片之大，亦是心理層面之大。即使三十年中只拍了六部片子。

瞇眼遙看庫柏力克的歷史，竟呈現出一個美國導演與其事業的一頁意志折衝史。

庫氏早在一九六〇年拍《萬夫莫敵》（*Spartacus*, 1960），實已走上大導演之路；乃以一介三十出頭小伙子需耗使高額資金（當年一千二百萬美金的鉅製），調度大隊人馬（八千個西班牙鎧甲武裝戰士的大型陣仗）與最大牌的明星勞倫斯・奧力佛（Laurence Olivier, 1907-1989）、查爾斯・勞頓（Charles Laughton, 1899-1962）、彼德・尤斯汀諾夫（Peter Ustinov, 1921-2004）以及老闆兼男主角寇克・道格拉斯（Kirk Douglas, 1916-2020）共事與周旋。道格拉斯原先找的，是老牌西部片大導演安東尼・曼（Anthony Mann, 1906-1967），卻開拍不到二週將之解雇，才找上了年輕的庫柏力克。這部影片不知因為太好萊塢或太演員中心或太什麼，總之庫氏日後不願承認是他的作品。而寇克・道格拉斯找上他，緣於一九五七年演出過他的《光榮之路》（*Paths of Glory*, 1957）而賞識他。

同樣因為賞識，馬龍・白蘭度（Marlon Brando, 1924-2004）看了《萬夫莫敵》後延他導《獨眼龍》（*One Eyed Jacks*, 1961）。籌拍中庫氏提出第二男主角宜由史本塞・屈賽（Spencer Tracy, 1900-1967）飾演那既慈祥如父又可陰沉如巨盜之性格，然白蘭度早在心中定下卡爾・馬登（Karl Malden, 1912-2009）為人選（早在《岸上風雲》、《慾望街車》二片合作以來兩人交誼深厚——亦好萊塢常習也），頗感為難。又不久，庫氏想出一個公關點子，謂已與拍照老友法國攝影大師卡提耶布烈松（Henri Cartier-Bresson, 1908-2004）說好了，請他在拍片現場不時照相，日後可做一展覽、當可受藝文界強烈矚目云云，白蘭度聽後，覺得這年輕人恁多

《光榮之路》

《萬夫莫敵》

文藝雅好，心猿意馬，一煩之下讓他走路，乾脆自己來導。　結果自扛導筒的白蘭度居然也敢縱性肆意，在接下來的六個月拍攝上，多拍了一百萬英呎底片，並且共花了六百萬美金（原本預算的三倍）。

經過這兩大明星的不快共事，庫氏痛定思痛，此後拍片必全由自己主控。並矢意與好萊塢一刀兩斷，將基地遠移倫敦。

縱觀庫氏之取材，可謂獨出機杼，不落美國固套。　他太犬儒，未必拍得來歌舞片一如史丹利・兜能（Stanley Donen, 1924-2019，曾拍《Singing in the Rain》、《Charade》）。　他太城市，又富新思想，無意去拍西部片一如約翰・福特或安東尼・曼此種頌詠拓荒馴野的傳統老價值；也不會去拍既誇大暴力又故作攜帶些許草根鄉風的《邦尼與克萊德》（*Bonnie and Clyde*, 1967）如亞瑟潘（Arthur Penn, 1922-2010）。　也因為太城市（紐約市布朗克斯人），透過遙遠，極可能有興趣拍南方山蠻人野的《激流四勇士》（*Deliverance*, 1972）（此片人與天競、逐漸一步步逼近不可知險境略有Shining意況），然約翰・波曼（John Boorman, 1933-）先拍了。他太孤高自立，也不會去拍緬懷故往如奧遜・威爾斯的《偉哉安伯遜家族》這種中西部舊日家園故事。他雖是紐約人，卻瞻視古今，不會凡拍片言必稱紐約一如伍迪・艾倫；又他雖是紐約人卻從來不涉族裔故事凡拍片必大灑番茄醬如馬丁・史柯西斯。

他太挑剔，又究品味，即找文學作品，也必覓得奇絕者，如納波考夫的《妻麗姐》（*Lolita*）而非淺平文筆的葛蘭姆・格林之《黑獄亡魂》（*The Third Man*）。然前者他畢竟沒把鏗鏘韻句拍出，書文中意淫之潛蘊，壓根沒有形於軟片。後者卡洛・李（Carol Reed, 1906-1976）卻拍得灑脫漫逸。庫氏向以攝影考究稱於影界，也偶在拍片中自執攝影機捕捉另外角度，然《妻》片黑白攝影平鋪直敘，中庸之極；反是《黑獄亡魂》之黑白攝影行雲流水，酣暢有風格。此何也？

非庫氏於攝影之浸解不及人，實是構築影片之始的定奪便已然偏差矣；這才是造成《妻》片之風格之平滯而勉往下推狀態。

改編自安東尼・柏吉斯的奇想之書《發條橘子》，以及早為人淡忘的古舊作家薩克雷（William M. Thackeray, 1811-1863）的《亂世兒女》（尚且不是他的《浮華世界》名書）可看出庫氏的隻眼獨具，並用心深苦。

庫氏太過嚴肅縝密，不容易把簡單主題，天真輕快的拍成片子，像《金剛》（*King Kong*, 1933）。若他拍，他會花太多的工夫把技術弄臻完美，而不自禁的忽略了純真的情致，金剛臨死前的眼神淒楚不捨，此類筆觸庫氏片中不易見。也正因他技藝精良、美術典雅，加上他博學淹通，以致《亂世兒女》中燭光下十八世紀的光暈實景，他特別央人研磨鏡頭將之拍出，儼然要竟法國阿貝爾・剛士（Abel Gance, 1889-1981）一九二七年拍《拿破崙傳》（*Napoléon*,1927）的未完

《發條橘子》

《發條橘子》

之業。

他太冷嚴，劇情過於奇轉幽默似舞臺劇之節節合拍者，如《北非諜影》（*Casablanca*, 1942）或如《熱情如火》，他無意拍。庫氏的幽默，是黑色幽默。以是浩渥・霍克斯（Howard Hawks, 1896-1977）的《His Girl Friday》（1940），他不會拍。即使是淺寫幽默、濃涵人情的尚・雷諾亞（Jean Renoir, 1894-1979）的《大幻影》（*The Grand Illusion*, 1937），以庫氏之認真嚴肅，亦不會拍。

老派導演的怡然閒情、苦笑人生影片，庫氏不知是使力過深抑是過於埋首沉鬱，他的所有片子無法窺見。或許庫氏本人原就不大嘗味生活。

庫氏之作品，予人某種感覺，即他書齋之工夫忒深，而外間草莽之生活又忒不涉足；故汗臭味嗅不到也。《Shining》中，主角在打字機上一直打 All work and

《亂世兒女》

《亂世兒女》

《二〇〇一太空漫遊》

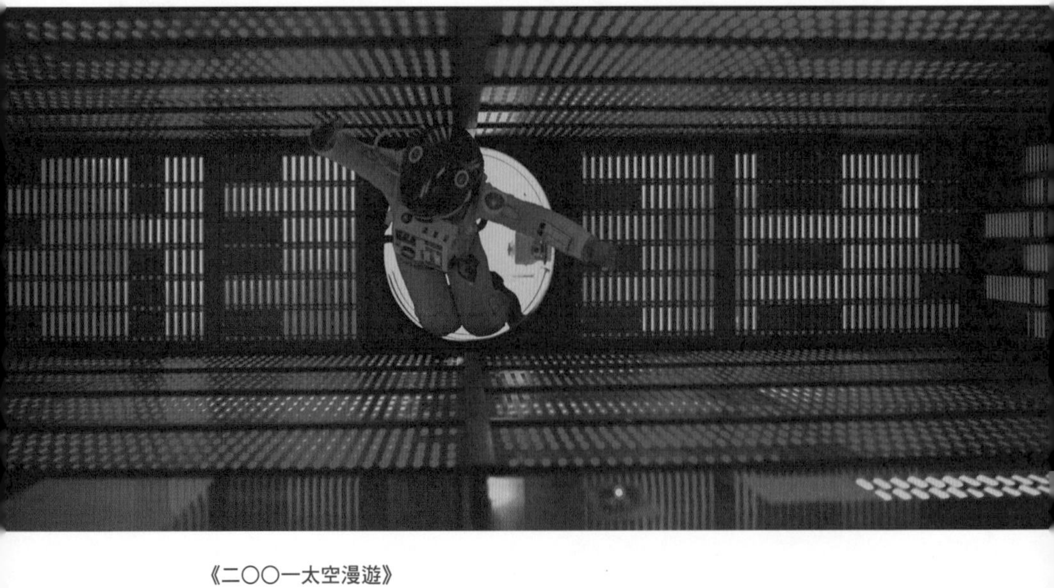

《二〇〇一太空漫遊》

no play make Jack a dull boy，莫不他自我取嘲乎？

他又太喜親近學術，平時博覽群籍，與世界某些專類科目的一流學者多所切磋探討（尤以七十年代初原計籌拍拿破崙事傳時之窮研古史軼事最常受各界矚目。後雖因規模委實太巨不易實現，卻也轉拍成那古意盎然、考據精良之不世傑作《亂世兒女》），隱隱然透露其內心或多或少有以他沒上大學一端為不甘之勢（此點以飽學著稱的我國導演胡金銓亦有相似情態）。

他的配樂，是其一絕。不僅選曲別出心裁，並在最巧妙的段落恰入其縫，但看〈Woolly Bully〉及〈These Boots Are Made for Walking〉等曲在《金甲部隊》（*Full Metal Jacket*, 1987）中之出現可知。

舉世導演中若論考據最詳者，人能想及之人，或許庫柏力克最能名列前茅。

八十年代方得有機會一睹尼古拉斯・雷（Nicholas Ray, 1911-1979）的《北京五十五天》（*55 Days at Peking*, 1963）如我者（乃早年臺灣禁映），當時心中突生一念：尼可・雷，何響噹噹大導！名氣中既含建築大師萊特之徒，又是「作者論」（Auteur Theory）最稱許之大師，他的《養子不教誰之過》（*Rebel Without a Cause*, 1955）何人沒觀過？然多年後回思其人各片，不惟深感「作者論」之過時，他的片子之淺空，尤其《北》片徒顯其人之無學養也。繼又想：歐美導演不知何人可將中國歷史拍得考據翔實？若有，必庫柏力克也。

一九六四年庫氏受Cinema雜誌採訪，選出心中最佳十部影片，第四部是約翰・休斯頓一九四八年的《碧血金沙》。不知是否太欣賞此片，以致一九五六年庫氏的《殺戮》（*The Killing*, 1956）結尾的整箱鈔票在機場停機坪遭風吹去，不由得令人聯想起《碧》片結尾一袋袋淘來的金沙被風吹散在無盡的墨西哥原野。

《殺戮》

更且《殺戮》的故事結構，幾同於休斯頓一九五〇年的《夜闌人未靜》（*The Asphalt Jungle*, 1950）之架設，亦是幾個人湊在一起要去搶劫財物這種電影獨有類型之Caper Film（巧計搶劫片）。而庫氏用的男主角，正是《夜》片的史特林・黑登（Sterling Hayden, 1916-1986）。

以藝術言，庫氏在影史的地位當高於休斯頓；然他早期之故事選材，創發似顯不足。他屬於鑽研刻意、鍥而不捨、精益求精的學術臻高者，孤芳拔萃。他極像是一個有可能十分鍾情於將《白鯨》拍成大片子的人，乃在梅爾維爾縱多年心血將鯨魚的生態及捕鯨史鉅細靡遺的研寫於書中，這種又粗獷雄麗又兼富風俗學術的老典籍照說應最合庫氏的脾胃，然休斯頓一九五六年已先做了，並且做得極不成功；他讓科幻小說家Ray Bradbury寫出的初稿劇本就厚達一千二百頁。影評家Andrew Sarris說得好：休斯頓根本應該自己去演阿哈船長（而非葛里哥萊畢克），而讓奧遜・威爾斯來導。

題材，是庫氏研想拍片很特別的一節。他極重寫實，但卻尋取頗驚異的種類。《金甲部隊》固是越戰片，然他不置重點於砲火殺敵情節，反多施筆墨於美國文明衰弱於精神之不堪強野，如胖子 Private Pyle（Vincent D'Onofrio 飾）藏一甜甜圈被發現，說：「Sir, because I'm hungry, sir.」又此片的戰火場面全是在倫敦南城一座廢棄煤氣廠房搭景拍成，又是他將真實完成於舞臺之別出機杼處也。

題材，是舉世大導演最注心思尋覓之物；題材，更是一流大師如庫柏力克者最欲顯現他眼界及癖好之必然所寄。顯然，太有所直指、如南方三K黨之歧視黑人，譬似《Mississippi Burning》或《In the Heat of the Night》此種必然結論之故事，非是他有興趣者。

他要的，是更玄思的。或是更奇譎的。或是更嘲諷的。或是更雄麗的。或是——終至成其為更蛋頭的、更大場面的、更一發而不得收束盡善的。

然則何種題材方該是庫氏的題材？《叛艦喋血記》（*Mutiny on the Bounty*, 1935）嗎？《法國中尉的女人》（*The French Lieutenant's Woman*, 1981）嗎？《惡魔島》嗎？《叛》片中有歷史懸案與人性之孤閉至惡，並兼興人遙思之大海奇島；《法》片有維多利亞時代的優雅纖細之糾葛與人性亙存之渴望，且由當代出色文家以維多利亞文體成之；《惡》片是孤島監獄之近代殘酷實錄卻又似遙不可及……或許此等題材猶可受庫氏一顧，卻又未可知；然而終究別人拍了，他沒有。

他的題材，一一考較而去，雖似豐繁，卻竟又不那麼各成不世出的高之又高。《婁麗妲》（*Lolita*, 1962）、《光榮之路》實稱平庸。《發條橘子》

（*A Clockwork Orange*, 1971）美工當年太是突出，時光走過，反致有些突兀。《二〇〇一太空漫遊》多年後數次觀過，回想起來，亦覺微有故作驚人語狀。《Shining》，恐怖片型也，又是編構者自思自怕的內心世界之恐怖也，然觀者參看其中，竟亦不如何。說來說去，反倒是《亂世兒女》方可稱其最傑出之構也。

庫氏之片，一言以蔽之，氣質不飄逸也。此他與佛烈・辛尼曼（Fred Zinnemann, 1907-1997）之蘊藉、比利・懷德（Billy Wilder, 1906-2002）之笑淚、帕索里尼（Pier Paolo Pasolini, 1922-1975）之絕異不羈、朱爾斯・達辛（Jules Dassin, 1911-2008）之巧黠、克魯卓（Henri-Georges Clouzot, 1907-1977）之跌宕走險、梅爾維爾（Jean-Pierre Melville, 1917-1973）之冷峻、約翰・福特（John Ford, 1894-1973）之曠澹、奧遜・威爾斯之雄雅凝麗……諸匠相較之下，倒顯得庫氏更多透了幾分飛揚狂魯氣。

以題材之表達來呈露飄逸氣質，庫柏力克較之上述諸匠，現出一種狀態，便是時代之差異也。庫氏較他們年輕，老年代所在乎的價值，恰好不便或無意教庫氏受用，此也正說明了他之援用搖滾樂、之援用科幻未來故事等等革命性手段。

他生於一九二八年，約可屬於美國社會所謂之「沉默的一代」（1925-1942出生），即論者概言「想在二次大戰英勇殺敵，卻出生太晚；要想做反越戰的激進抗議分子，又出生得太早」者。

以庫氏之奧博，多溺於驚奇（《Shining》、《大開眼戒》、《發條橘子》）；正如以安東尼奧尼之纖柔，每多狹於偏情（《La Notte》、《紅色沙漠》、《Blow-Up》）。各以小情小節繫其志。觀其影片，人不得凌虛曠達也。

而少年時即深好攝影，亦隱隱有陰鬱中窺看外在世界之羞怯潛質。故其人性格不主莽撞、不多投入，蓋為日後創作與生活之大柢。

在《金甲部隊》籌拍中，得識新兵集訓營的教官Lee Ermey，此人雖身在行伍，卻在真實生活中便原本是滿口髒字的大講笑話，且極盡用字巧思之能。庫氏對此備感深趣，在邊寫劇本邊發展情節時，猶一直要他「多講些，多講些」，引為平生不曾探及之幽境一般，更索性央Ermey飾演士官長哈特曼一角。而他在《亂世兒女》中主人翁Redmond Barry（雷恩・歐尼爾飾）之原是不涉世之鄉村少年，乍入丘八陣中很不能接受盛食物之油膩杯子而遭同袍譏笑，後遇流浪歐陸以治遊賭樂周旋於王公中的愛爾蘭同鄉前輩巴利巴瑞勛爵（Patrick Magee飾），百感交集，不忍騙他，竟然落下熱淚；此種種人生劇情，庫氏似亦有涓涓自況之意。

猶記八十年代中期，美國Michelob啤酒的電視廣告，因光影幻動、剪接出神入化，深得庫氏讚賞（實則這是日後MTV攝影方式之某種先聲），此事之大驚小怪，加上他在倫敦的深居簡出、常要求其司機開車儘不超過時速四十哩等生活小節之報導相參，足見他的幽閉之自詡藝術家情態。

他太別出心裁，選演員未必找最紅最好萊塢典型明星；然《婁麗妲》之選詹姆斯・梅遜、《奇愛博士》之選彼得・謝勒斯、《金甲部隊》之選 Mathew Modine 等未必便恰如其分。而他仍偶用大牌如 Shining 的傑克・尼柯遜、《亂世兒女》的雷恩・歐尼爾、《大開眼戒》的湯姆・克魯斯及妮可・基嫚等，又透露出他亦不能全然無視賣埠之需。然此數位大牌即在庫氏指導下，仍不脫素日演戲積習，每人之慣有動作何曾洗練得一新耳目?尤以《金甲部隊》的正受訓的胖子新兵 Vincent D'Onofrio 由二愣子漸變成瘋狂之後，那種眼光開始露出邪惡（與傑克・尼柯遜在 Shining 中一樣）；此二人中邪變瘋之表演皆令觀者看來不甚有說服力。

《蘿麗塔》

《奇愛博士》

他並未起用非職業演員而搬演出驚世駭俗的戲劇如侯貝・布列松（Robert Bresson, 1901-1999）或帕索里尼。

他太追求絕對之完美，故在Shining一片中傑克・尼柯遜在打字機上一頁接一頁的打 All work and no play make Jack a dull boy，他硬要人用手真的打出，而不用影印紙稿（雖然大家知道攝影機拍攝後其實看不出差別）。

美國電影人自不免有一襲美國這無垠拓荒國家的「比真實人生還偉岸」（Bigger Than Life）之念，庫柏力克以一早慧天才，十多歲便獲照相大獎，入Look雜誌任攝影記者，又自資籌拍短片，少年得志，極早出入好萊塢，豈能不顧盼自雄、睥睨群倫？而他又何甘於只是一個好萊塢導演？然其移居英國也，終竟未令自己只拍小型社會影片一如湯尼・李察遜（Tony Richardson, 1928-1991，曾拍《憤怒的回顧》、《長跑者的孤獨》）、卡爾・萊茲（Karel Reisz, 1926-2002，曾拍《Saturday Night and Sundy Morning》）、林賽・安德遜（Lindsay Anderson, 1923-1994，曾拍《This Sporting Life》、《If》）、傑克・克萊頓（Jack Clayton, 1921-1995，曾拍《Room at the Top》）這批「自由電影」派導演。

他終究是美國大導演歷史中一員，既是受累者及抗競者，似是異類；同時猶不自禁的是一個承襲者。

——原刊《中國時報・人間副刊》，一九九九年六月十七日。

雲煙過眼——談電影細節

人的觀影經驗，通過了歲流月送，通過了世情參攪，往往形成飄忽的記憶段屑，此人生極有趣又難以敘說景狀也。記憶，令我人自己歷史有了不甚成系統的擁藏；而觀影，令二十世紀之人更激濺拓廣了這番奇妙的擁藏。

我有幸做了一段二十世紀人，也得以看過些許電影，更有幸在不甚曉事的孩提之時便能在戲院暗黑中睜眼咋舌的對著巨大銀幕驚異猜測與做夢，幾十寒暑下來，記憶的此一股彼一縷景象纖束，竟似不免匯積成為我卑淺空貧歷史中猶可偶一閃幻返嚼並以之遣日消夏的微妙物事矣。

如此多的老片，此去彼來的堆積在我們記憶的閣樓裡，三十年五十年也未必去翻動一下，究竟我們還記得多少？而記得的，是它的故事、是它的所謂「意義」抑是完全不涉意指的純粹物象片段？有時我甚至覺得，太多電影其故事若能模糊其意義若能漠視而只採擷它的純粹物象，毋寧是更正確的看待；尤其當那些影片原本是為了震撼我們、煽情我們、教誨我們、說服我們而挖空心思製造出匪夷所思卻又令我們怎麼也不能不折服的劇情時，就像尋常人為了討好親友而去說一個無傷大雅的謊一樣。

不錯，我們當時太感動了，甚至心存幸福的觀完片子走出戲院，滿心欣喜，連回家的路都不忙著踏上。然而經過了歲月，這些原本被張羅得極好極完美的劇情，竟然也給人「牛皮拆穿」的感覺，甚至更不堪的，你壓根不在乎它，好像說，你全然忘了它了。

有什麼電影，是我們一定要看的？或者說，這部片子它說的就是我的故事？

因為只有這樣我才說什麼也必須去看。殺手的末路，不，不是我的遭遇。爭奪王位，英勇的軍士，鋤強扶弱的西部牛仔，私家偵探，英俊倜儻的追求女人者，巧計搶銀行歹徒，逃獄者，淘金者，太多太多，但都不是我切身的故事。

我人幾十年來，看的皆是別人的故事，而照樣興味盎然。在那當下，以他們的悲樂為悲樂，常不能自已。便這麼，我們走出戲院。隔不久，我們又走進戲院。

可以說，觀影是一段受騙的過程。而這受騙，人並沒有損失。

受騙，須得你原本興趣，就像鄉下老嫗原對金條有興趣才會上了金光黨的當。人能不斷進影院去接納種種驚異絕倫匪夷所思劇情，在於逐漸深積的癮頭；都市人自小看起，此事行來似是天經地義；倘教僻野深鄉之民乍然觀片，反應甚是隔膜乾燥往往不知何所回射情懷。

然有一事，當人委實數十年下來看了太多太多影片後，竟然也開始回返成為一個鄉荒之人了。而今的我便不自禁成為如此。這十幾年凡自戲院觀完好萊塢片，當時轟轟隆隆，似是驚險萬分，然一走出戲院便即拋忘，還未走到樓梯口，常已與同伴說「去哪兒吃消夜？」好像適才完全沒發生任何事一樣。

如今，處處是電影，隨時有電影，人這廂看了幾十個畫面，不一會那廂又看了幾十個畫面，隨看又隨拋開。

臺灣極多的小酒館常將電視弄成無聲，只留畫面，而這畫面也常是HBO等的電影臺，時而人抬頭偶看，此一段景象彼一段景象亦頗有趣，於是我發現，劇情不值錢矣。且言一例，《人魔》（*Hannibal*, 2001）前段ＦＢＩ探員茱麗安‧摩爾驅車自華府欲往位於北卡羅萊納州那殘臉人的大宅，一路自高空角度拍那些山水，多半是Blue Ridge Mountain之景，再加上殘臉人家的樹林深院（當是Asheville市的Vanderbilt莊園，所謂「Biltmore」）。此等壯麗景觀出現時，你看著很感興味；當景致消失，屬於人的戲劇出現時，你又繼續聊你的天，喝你的酒，耳邊依舊是轟隆隆的酒館自放的搖滾樂。過不久，意大利翡冷翠的昏黃金碧景致出現，你又抬頭盯看一兩分鐘；這種情況，未必是說劇情不好，而是劇情未必永遠吸引住人。特別當你已知悉劇情，片子再出現時，人樂意盯看的，往往不是劇情。

*

年輕時，《亂世佳人》每隔幾年總會重看一次，而如今，其中哪些小節我最記得？哦，是了，費雯麗下樓（南方大宅的螺形樓梯，何令人深刻的印象！我人或許一輩子也無由進入這樣的房子，然在一部又一部的電影中，我們對它熟悉之至）見克拉克・蓋博抬頭盯著她看，她後來和熟人說：「那個人盯著我看，好像我沒穿衣服似的。」

《亂世佳人》

費雯麗常一氣之下，舉手就給人巴掌，這令觀眾恁的難忘。這不免是美好年代下的烈性。費雯麗有一次巴掌被蓋博躲過了，反致她摔倒滾落樓梯。

家道中落後，費雯麗已沒有體面的衣服可穿去見人，靈機一動，見窗簾的綠色絨布可用，便裁而製之，下一場戲，克拉克・蓋博見到她時，她這襲絨布的衣帽俱全，教人驚艷。郝思嘉有恁多的個性，故全片充滿了她的生命力。此片最令人印象深濃的，便是此種生命力。並以此貫串如許多的「生活細節」（如黑女小僕先說懂得接生，後又說她怕，說是謊稱；思嘉命她去請醫生，醫生無法來，小僕心不在焉晃樣晃的蕩回家，口中還哼著福斯特的名曲〈肯塔基老家鄉〉。

便因此書的活生生細節太多，故編劇與導演的投入人數與次數因而特多（小說家費茲傑羅亦列編劇之一），終使它成為一部如同「集錦」的豐富作品。飾美蘭（Melanie）的奧麗薇亞・德哈佛蘭多年後說得好：「每次我再看它，我總會看到新的東西。」顯然，這本書是一本老南方的生活史，作者密契爾女士（Margaret Mitchell, 1900-1949）在她三十多歲寫成這平生惟一的一本書。她是二十世紀初的人，憑她對南方生活的銳利觀察，與鍥而不捨的生活小節考據（她的草稿一疊又一疊，家中老沙發深陷，她便以紙稿墊撐其內），終得將早她數十年的歷史切面呈現得如此生動。

《亂世佳人》提供絕佳的例子說明觀眾對故事進展的注意與對生活趣節的注意是同等重要。倘以事後回憶言，往往後者更顯得受注目。又電影與小說之不同，常在於它更鮮活的突顯某些景象，《亂》片開頭，在「十二橡園」（Twelve Oaks）的派對，女孩們到了中午必須躺下午睡，不管是主人家或客人，幾十個女孩；片中拍她們卸了大裙，在一間巨大的房間裡，東倒西倚的躺著，有下女黑傭幫她們搖扇驅暑，人自片中見著，風土濃美，印象深刻。讀小說則未必。

然絕不可認定景象之任意突顯強化便令觀者刻骨銘心，且看八十年代以降以影像之震撼謀求觀者張口的片子何多，然又真能教人多年後起意重看乎？

*

電影中許多旁枝末節，常提供歷史的蛛絲馬跡。Raoul Walsh（1887-1980）在一九三六年拍的《情海奇花》（*Klondike Annie*, 1936），性感尤物梅・蕙絲（Mae West, 1893-1980）在一八九〇年代的舊金山唐人街獻唱賣藝，大約彼時娛樂風月場所多有集中於族裔區，一似二十年代紐約哈林區有「棉花俱樂部」之況。聯想起德國導演溫德斯（Wim Wenders）在一九八二年受《教父》導演柯波拉之聘拍成的《偵探哈密特》（*Hammett*, 1982）其中著墨二十年代唐人街，其藍本像是自這一類黑白老片（如格里菲斯的默片《落花》等等）觀看臨摹而來。

《情海奇花》

《一夜風流》

梅・蕙絲在片中自彈吉他自唱歌，看來她真的會彈，她唱的〈I'm an Occidental Woman in an Oriental Mood〉與〈Mr. Deep Blue Sea〉兩曲，教人吃驚的，竟是黑人風格腔式的藍調，且唱得極好；不禁教我猜想，究竟是黑人音樂在十九世紀末已流行於巨港大埠、抑是拍片者將三十年代當時流行之樂風想當然耳的加於十九世紀末的故事中？

說到三十年代音樂，克拉克・蓋博一九三四年演的《一夜風流》（*It Happened One Night*, 1934，法蘭克卡普拉導），算得上早期的「公路電影」，片中他與逃家女克勞黛・考勃特同乘長途巴士，車上有四人合唱鄉村歌曲，曲風頗有鄉村歌王 Jimmie Rodgers 韻致，正是三十年代初流行的調調；恰好這巴士走經之地為南方，也算是契合。導演卡普拉很注意社會各階層的當時景狀，故片中當蓋博駕著奪來的汽車，唱著歌，要奔往心上人那廂，途中遇平交道停下，一輛火車駛經，車上貨廂裡的流浪漢（hobo）們向他揮手。三十年代初美國正值「大蕭條」，全國的 hobo 絡繹於途，故卡普拉連這樣的小小細節也不輕易放過。

說到唱歌，另一尤物瑪麗蓮‧夢露在《大江東去》（*River of No Return*, 1954）也自彈自唱，唱得亦極好，喉韻甚自然有感情，美國女星會一點吉他，莫非很普遍？

最教人懷念的，是奧黛麗‧赫本在《第凡內早餐》（*Breakfast at Tiffany's*, 1961）唱那首名曲 Moon River。她頭上包著剛浴完的毛巾，懶懶的坐在逃生梯旁的窗臺，不經心的撥動琴絃，幽幽唱出這首一直流行至今的歌。只是這首歌坊間四十多年來皆只有演奏曲或別人翻唱曲（如安迪‧威廉斯之流），絕不見赫本自唱的錄音，據云因為當年沒言明出片合約之故，甚是可惜。

近日聽朋友談起，謂有人準備開大空間西餐式咖啡館，有意裝潢成三十、五十年代綜合風格，播放的音樂希望既不是古典，也不是搖滾，更不是心靈，又不是電子；倒是想到那些頗具過往情韻的遙遠老歌，像桃樂絲・黛，像 Peggy Lee，像瑪麗蓮・夢露，像白光，像葛蘭（吳鶯音式的風土小調則不宜）等，真虧他如此有心。我向他提起赫本曾唱的〈Moon River〉甚清麗如自吐心懷，他聽後極有興趣，然而他或許只能自 DVD 片中將之摘錄下來了。

麗泰・海華絲（Rita Hayworth, 1918-1987）在《蕩婦姬達》（*Gilda*, 1946）這部「致命女人」（Femme Fatal）片子裡也唱歌，一首叫〈Amado Mio〉的曲子，聽著聽著愈發覺得耳熟，是不是白光某首歌（《寒夜的街燈》乎？）便來自它。

*

近年在臺北各廉價 DVD 店鋪巡逛架上老片，每每隨手挑個三五部（常三片一百元），今天買一些，不幾日又買一些，愈買愈多。除了便宜，也憂其隨時停售。但即使多購，卻仍有不少片子始終還在架子上，我一次又一次的見著，竟怎麼都不想下手。漸漸的我發現自己有一情況，乃凡我無意選買的，似乎有其某種特質，便是：故事無趣，風俗細節又不吸引我者。難怪《岸上風雲》（*On the Waterfront*, 1954）、《天倫夢覺》（*East of Eden*, 1955）、《天涯何處無芳草》（*Splendor in the Grass*, 1961）、《慾望街車》（*A Streetcar Named Desire*, 1947）此最常見的四片我一直沒買。 恰好它們全是伊力・卡山（Elia Kazan, 1909-2003）導的。此四片我全在戲院看過，皆不只一次，印象俱不好。 不知怎麼這個導演有一襲很奇怪的不教人喜歡的彆扭氣質，但又很用心思呈現一種故作與主流對立的反體制思維卻作品仍不經意流露對主流嚮往之與俗浮沉風意。 哪怕他是奧斯卡大獎的常客。 他的立意、選材、氣質不佳等也且罷了，主要我懷疑他片中的風土細節很可能也極貧乏。或許伊力・卡山的生活與見解最引不起我的興趣。

而我還真買過他一部片子《薩巴達傳》（*Viva Zapata*, 1952），為了多年前在電視上匆匆瞄過一些畫面，頗驚奇於黑白攝影之強顯（幾乎要疑是黃宗霑掌鏡之作）。及買回家坐下來觀賞，印象稀鬆之至。

比利・懷德的片子，昔年在影院原就看過太多，若買翻版DVD，我最先考慮的，會是《雙重賠償》（*Double Indemnity*, 1944）與《紅樓金粉》。最不考慮的，是《失去的周末》（*The Lost Weekend*, 1945）。最近店家謂老片只能賣到六月，要買就要快，這才勉強的買下了《失》片，回家一看，果然，正是自己沒有興趣看的那種，儘管此片當年得了最佳影片、導演、劇本、男主角四項奧斯卡大獎。相較之下他被評價較不高的《壯志凌雲》（*The Spirit of Saint Louis*, 1957）我總是看得津津有味；記得片中林白準備起飛，為了省燃料，必須機體輕，於是雜物皆不帶，但缺一面後視鏡，他問在場的送行者誰有鏡子，一位自費城趕來紐約看起飛的小姐說：「我有」自皮包取出一面化妝用小鏡，林白便將之用口香糖黏在機艙側邊。後來飛機排除萬難升空，接著是幾場地面上的戲，像小館子裡黑人廚子用手在牆上地圖量出三手可抵巴黎的距離，以及火車上女子掏出口紅，要找鏡子，才發現鏡子已被借上了天，這時她會心的望望窗外的天空。

與懷德同是三十年代來自奧地利的好萊塢大導演佛烈・辛尼曼臨老拍的《胡狼之日》（*The Day of the Jackal*, 1973），幾年前在大陸小攤一見，立即買下。此片的故事，乃關於刺殺戴高樂之諸多安排，因此自然而然便是此片的諸多絲絲入扣的細節。由於原著的細節太過詳盡嚴密，幾乎被警界認為它稱得上一本「行刺手冊」，而憂慮是否應該讓它通行了。而他的奧斯卡得獎甚多之《亂世忠魂》（*From Here to Eternity*, 1953），早即看過，在臺北各店架上永遠皆見，而我至今未買。

查爾斯・維多（Charles Vidor, 1900-1959），如今不大有人談的一位導演，或許他不大被視為「藝術片導演」（藝術片導演如安東尼奧尼，然片子教人怎麼看

《胡狼之日》

得下去？），感情戲一向拍得好，《琵琶怨》（*Love Me or Leave Me*, 1955）表面上沒啥風俗，故事也不是我最想重溫的，但一開始看，便被吸引住，事後我想，哦，是了，是它的對白；詹姆斯・賈克奈的對白太準確了。幾乎我要說：《琵》片的對白便是它的風俗。

另一部維多的《蕩婦姬達》故事背景為阿根廷。前段賭場的戲，便極有趣；如賭21點的牌桌，如在廁所幫客人撣西裝的匹歐大叔等。看來生於匈牙利的維多對老派聲色場所頗多涉諳，若然，看這類導演的片子最能見著別處所不易見之景物。譬似看維斯康堤的片子，最應留意他的貴族人物之梳妝，乃他出身如此。維多的宮廷故事《天鵝公主》（*The Swan*, 1956），講的是歐洲一小國的公主準備嫁人以求結盟增強國力的故事。於宮中課程教習、劍術演練，宮廷舞會諸節皆教人觀來愉悅；至若最高潮的感情戲，完全呈現公主葛莉絲・凱麗（Grace Kelly）的幽居深宮、純真無邪，感人無數。四、五十年代這類極盡寫情之致的影片甚多。

此片拍完不久，她真的嫁入了歐洲一小國，摩納哥，成為王妃矣。

言及愛情戲，曾與有意走編劇一途的年輕寫作者聊，我謂，哪些電影中的感情戲不但最感動你且又最不矯情？倘能舉出，我便再問：它們感動我人的地方是些什麼？乃昔年國人最不擅愛情戲，倘自己想當然耳的寫來，其結果便是觀眾在戲院中坐立難安，尷尬之至也。

有些大導演，不僅藝術高臻，沁人心脾，因生活痕跡深刻而流露四溢的風俗細節亦教人賞嘆咀嚼不已，溝口健二便是絕佳例子，我看他的《西鶴一代女》（1952）、《祇園囃子》（1953）、《新平家物語》（1955）等片，根本是在尋找京都這古城的各處有趣之極實景角落。奧遜・威爾斯亦是。他二十多歲拍《大國民》（*Citizen Kane*, 1941）、《偉哉安伯遜家族》即處處需細細研看。尤其《偉》片開頭以極簡潔風趣方式表達出二十世紀初的服裝流行，極見匠心，也呈現年輕

《西鶴一代女》
大導演溝口健二將井原西鶴的小說改編成的名作。

《西鶴一代女》
圖片中的男演員是剛露頭角的三船敏郎。

的威爾斯對中西部富美社會之佳良風土細節的深厚修養。約翰・福特亦是，即使是西部片，太多有趣的小地方，鑲織成章，《搜索者》（*The Searchers*, 1956）中Jorgensen 家爸爸的口音，顯示他的北歐移民背景。又約翰・韋恩至一墨西哥小飯館打聽姪女下落，問了訊息，丟下金幣。店東表示歡迎他當晚下榻這裡，韋恩說不了，還需趕路。實則他露宿原野，並將鋪蓋虛撐，看似有人睡臥毯中，本人則悄悄藏身樹蔽後，不久，果然有人來偷襲，開槍擊中鋪蓋，韋恩再回擊，將這店東射死。這一場戲，備言「江湖險惡」，福特既不忽略它，也拍得恰如其分。

約翰・福特，很奇怪的例子；幾十年來我心中凡浮現最最心儀的導演，排最前面的，常不易想到他；然而每次重看他的片子，皆覺得最能全神注目、最多可細看之處，最有豐盈感受甚至有時熱淚盈眶。這一方面，太多大導演的老片重看，無法有此感受。無怪英國電影學院（ＢＦＩ）在一九八二年開始編選、前幾年才告出爐的影史最佳三六零片中，福特入選片子最多，達十一部，其他導演最多只得七部。

我愛重觀福特老片，最主要是生活與風俗的枝節太豐富，觀之如沐春風。並且他的人物眾多，令你也感涉境其間，且各階層皆有，酒鬼最是不乏，但即使如此，主角配角仍很清晰鮮明，此他豐厚流露的人文情懷處。

又想及一節，大凡電影中著墨於「老媽媽」之戲者，往往生活細節較有可看；《金玉盟》（*An Affair to Remember*, 1957）中卡萊．葛倫的奶奶，《亂世佳人》的老黑女傭「奶媽」（Mammy）等是。而福特更是多之又多此等例子，且各部片的媽媽俱不相同。

又，福特的飯桌戲，皆拍得很好。

*

細節者何？《教父》中黑手黨成員，在出門殺人前，每人各自在家中梳洗穿衣，對鏡整飾，再將槍以禮盒包起，諸多瑣節，極予人老派意大利生活情韻感受，每次在電視瞥及，總是趣味盎然。

胡金銓的《俠女》（1971），石雋所飾書生言「苟全性命於亂世，不求聞達於諸侯」，以此自況。當年觀此片，於這一節記憶甚深。近重看李翰祥一九六〇年《倩女幽魂》，與幼時初看已睽隔四十寒暑，飾書生的趙雷，亦說出「苟全性命於亂世」句，莫非古時書生最傾向有此一嘆，抑是四九年離亂後南渡文人最不自禁取此類題材（兩則皆採自蒲松齡《聊齋》）以寄懷？

《倩》片的副導演，正是胡金銓，不僅是稍後的《梁山伯與祝英台》而已。

七十年代看布紐爾的《青樓怨婦》（*Belle de Jour*, 1967）想起更早幾年希區考克的《艷賊》，兩片的女主角雖嫁與心愛之人，卻說什麼也不讓丈夫碰。當時隱隱有一感覺，西方人文明發揚，或致心理情疾較多。不想幾十年後，我國人的心理病竟亦不少，迎頭追上。

細節聊來，拉雜之極，便此打住。文中所提全為美國片，以臺灣坊間幾全可購得故也。

——原刊《中國時報・人間副刊》，二〇〇四年四月二十九、三十日。

想老片

在朋友整面牆的 DVD 架上（約有二千部）準備選一部片子來放，這總是難倒我，乍然間不知道哪一部片子最適合！往往三、四十分鐘過去，結果選的，是自己會感到後悔的。我不會選《第七封印》（*Det sjunde inseglet*, 1957），太哲學了。《沉默的羔羊》（*The Silence of the Lambs*, 1991）嘛，太新了，太多故作震撼的音效。卓別林嗎？不，似乎還太熟悉。費里尼嗎？嗯——不，還是太藝術。《教父》？不，一桌大菜太豐盛，會吃到怕。格里菲斯的《國家的誕生》（*The Birth of a Nation*, 1915）如何？聽來可以，也夠遙遠，但，太老了，一九一五年默片，在客廳沙發上看不適合。那《黑獄亡魂》呢？好建議，但仍太熟悉，有沒有同樣是卡洛・李導的《Our Man in Havana》？可惜沒有。那希區考克的《擒兇記》（*The*

Man Who Knew Too Much）呢？可以，但不要是一九五六年由詹姆斯・史都華與桃樂絲・黛演的那部「重拍」，而要是一九三四年有Peter Lorre演的「初拍」那部，乃此片的三十年代倫敦拍得極有風致，可惜也沒有。

《叛艦喋血記》如何？很好，戶外的故事，很澄懷，不要老是悶在房子內。同時，又是我最喜歡的「南海片」，結果拿下架子，竟是六十年代路易士・邁爾史東的重拍，而不是我想的三十年代Frank Lloyd導，克拉克・蓋博與查爾斯・勞頓演的那部黑白片，只好又放回去。說到南海片，有沒有一九三一年由表現主義大師莫瑙（F.W.Murnau）與紀錄片大師弗萊赫蒂（Robert Flaherty）兩人合導的《禁忌》（Tabu, 1977）？當然也沒有。說到野外，說到克拉克・蓋博，有沒有他一九三五的《野性的呼喚》（*The Callof the Wild*, 1935，威廉・惠曼導）？沒有。

他問要不要看柏格曼的《芬妮與亞歷山大》，　我問有沒有M.Powell與

E.Pressburger 的《紅菱豔》。

他問不要看亞倫・雷內的《去年在馬倫巴》（*'année dernière à Marienbad,* 1961），我問有沒有雷尼・克萊蒙的《陽光普照》（*Plein soleil*, 1960）。

要不要法斯賓達的《莉莉馬蓮》（*Lili Marleen*, 1981）？有沒有馬克斯・奧夫爾斯的《Lola Montes》（1955）。

要不要安東尼奧尼的《Zabriskie Point》（1970）？有沒有貝特航・布里葉的 Going Places（1974）。

要不要奇士勞斯基、塔可夫斯基、阿莫多瓦，他問。有沒有馬爾賽・卡內、道格拉斯・色克、泰倫斯・揚，我說。

朋友又問：小津安二郎如何？　我心道，好雖好，但應該不在這兒看，應該是單獨一個人看，應該在電影院看。並且也不大是他選的《東京物語》，比較是我已更多年（近三十年）沒看的《晚春》。

最後，我們看成了一部片子，是一部我現在沒有印象的片子。

我最想看的片子

「這當兒我最想看的片子是什麼？」這可以是一個極緊要的問題，它可以胒出你這個人現下的狀態，心情狀況與文化修為。

《一代豪傑》
早被遺忘多時的「文學片」。
即在當年，康拉德的小說、彼德‧奧圖的演出，或許也只吸引了少數的觀賞者。

《飛魂谷》
電視片導演 Michael Richie 的首部電影作品。找來了初露頭角、又會滑雪的勞勃‧瑞福演出。全片自然呈現的「六十年代心靈氛圍」，今日看來依然動人。

我也曾無聊時自問：到底哪些老片我想現在再看呢？

有一天，心血來潮，寫下一張名單，是我十多歲時看過、已多年不見人提起、印象猶微有、卻早已不清晰的當年不算冷門、卻完全又不是「藝術片」的舊識電影：

《愛與死》（*A Walk with Love and Death*, 1969，約翰・休斯頓導演，他十七歲女兒安姬莉卡與以色列戴揚的兒子 Assaf Assi Dayan 合演）。

《一代豪傑》（*Lord Jim*, 1965，李察・布魯克斯導演，彼得・奧圖飾康拉德小說的主人翁）。

《十面埋伏擒蛟龍》

《崗山最後列車》

《十面埋伏擒蛟龍》（*Behold a Pale Horse*, 1964，弗烈德‧齊納曼導，葛雷葛萊‧畢克演）。

《八十年代人生》（*The April Fools*, 1969，史都華‧羅森堡導，傑克‧李蒙、凱瑟琳‧丹妮芙演）。

《決鬥太平洋》（*Hell in the Pacific*, 1968，John Boorman 導，李‧馬文、三船敏郎演）。

《落花流水春去》（*Charly*, 1968，Ralph Nelson 導，克里夫‧勞勃遜飾那個智障）。

《何日卿再來》

《落花流水春去》

《飛魂谷》（*Downhill Racer*, 1969，Michael Richie 導演，勞勃・瑞福飾演滑雪國手）。

《何日卿再來》（*The Sterile Cuckoo*, 1969，Alan J. Pakula 導演，麗莎・明妮莉演，主題曲是：〈Come Saturday Morning〉）。

這幾部片子，只是些「遙遠」的例子；其中有些，其遙遠或在於它的天氣，也有的在於它的偏遠情節，而所有的，都不太見於DVD店。

再稍晚些的，尚有：

《永不讓步》（*Sometimes a Great Notion*, 1971）／Paul Newman 自導自演弟弟被大木壓著漸沉入水，哥哥大吸一口氣再潛入水裡以接吻方式使他獲得空氣，然一次一次，每次供氣愈來愈少，終至不成，弟遂溺死。這場戲甚是特別，至今印象深刻。

《Vanishing Point》（1971）／Richard C. Sarafian 導

《血染雪山紅》（*The Trap*, 1966）／Sidney Hayers 導

Rita Tushingham 飾啞女，Oliver Reed 飾在密林中獵毛皮的獵人。一八九〇年代的拓荒故事。攝影由 Robert Krasker 掌鏡，極好。

《英雄不流淚》（*Three Days of the Condor*, 1975）／Sydney Pollack 導

《The Silent Partner》（1978）／Daryl Duke 導／Curtis Hanson 編

《散彈露露》（*Something Wild*, 1986）／Jonathan Demme 導導演 John Waters 及 John Sayles 皆幫他演配角。

我想看的老片，必然還有太多太多。單單去追索、去瞎想，便已經很過癮了。

人之想看老片，常是想看「我似曾熟悉」卻又「有些遺忘」之故事或情境。若只是為了「曾經看過」而去回顧，則太懷舊矣。

很多時候，看老片，也為了「離開今日習慣的視界」。此亦我之情況。且看某個遙遠地方在老年代、老黑白光影下的境氛，是何等的教人耳目一新。

當然大多時候，我的確只是想對自己少年時所樂於觀看的影片再次留意。如《四虎將》（*The Professionals*, 1966）、《戰國群雄》（*Taras Bulba*, 1962）、《崗山最後列車》（*Last Train from Gun Hill*, 1959）、《落日餘暉》（*The Last Sunset*, 1961），《紅海盜》（*The Crimson Pirate*, 1952）、《縱橫四海》（*The Vikings*, 1958）等動作片，乃當時年少氣盛也。

另外便是鬥劍片。西洋劍的鬥劍，以及日本的武士刀的打鬥。

老電影就像夢一樣

這是小時候最重要的娛樂 highlight。我很難想像那些沒有此類觀賞經驗的小孩（如今日）他的雄性的、動物的、野蠻的、之幼時潛在發洩欲會是如何的一種不健康的導引？

《七武士》
日本影史上被「名列前茅」最多的一部。也是黑澤明式動作片裡最集大成之作。此片的人物刻畫、故事構思、黑白攝影等，皆是黑澤藝術孤詣之高明，但更雄偉的成就，是日本劍道片教西方世界更張口咋舌、驚嘆莫名的那股力度！乃不久前，日本才戰敗也。

《宮本武藏》

《柳生武藝帳雙龍秘劍》

這種觀看經驗，當然也非看書或聽收音機或看戲所能取代之刺激與飽滿。

故即使今日，我仍樂意找來看。不只挑看高超的《七武士》（1954）或《宮本武藏》（1954），也看《柳生武藝帳雙龍秘劍》（1958）、《御用金》（1969）等。

我甚至希望，到老年時，也能興味盎然的想看鬥劍片。這就像老年最好還能吃三碗飯那種狀態。

須知人在似懂未懂、曉事不深的兒童轉少年之時期所看的影片，最令他全神貫注卻又朦朧不甚確知不甚確憶；所幸有老電影還保放在那兒，供你去調閱，教你得知從前原本以為的，竟然是—或許另一回事，或許真就是一如孩童時所見者。

前述的那些片子，人至中年再，想來多半不會雋永；搞不好如今再次取來過

《御用金》

目，其意義會不會有一點看完便可束之高閣，此後再也不用留意的那分道別況味呢？

近十年來，我已買了兩、三百部的老片。先從九十九元的錄影帶開始，買了一陣，錄影機還沒購置，卻 VCD 出現了。不久 DVD 也問世了。我又買 DVD，自九十九元開始，繼而六十九元，在北京、上海則是人民幣八元。這幾天，想想該買 DVD Player（放映機）了，因為囤積了那麼多片子，卻一部也沒去看，又究竟是怎麼一回事？不急乎？是的，有啥好急的。抑是近鄉情怯？也或許有那麼一點點。另就是，不要忙著揭曉；不管好看難看，最好不要揭曉。似乎都像是理由，但又不盡然。

會不會我根本潛意識期待會在電影院看到，不用這當兒盯著小電視看？

是的，對待老電影，就像對待夢一樣，人不宜去弄得很明確。而它本來就以一段距離、一襲霧紗的那般存在著。

其實無所謂老電影不老電影；只是時日隔久了，從前觀過的有些畫面就和生活中有些畫面一樣的並排在你的綜合記憶裡，譬似你小學某個同學他爸爸的長相就跟電影中某人的長相重疊在一起…………譬似你遇到的一個寒冬，就像「電影中那麼樣的冷」…………

老電影，為什麼？乃它攜帶了歲月的浮光掠影，時代的蛛絲馬跡，生活的一鱗半爪。

——原刊《中國時報・人間副刊》，二〇〇三年六月七日。

電影本事之寫法

電影情節的文字化，我一直認為當是最有趣的事。它不是小說，但也可以像更簡要的小說梗概般的感動人。有的即使只是一場場的交代場景與發生事體，若場景鮮明而事體又不俗，便已教人看得津津有味；亦有的以文字淺淺的描繪劇情，卻隨時攜帶著情懷與適時的些許詠嘆，而照樣可讀來動人之極。

《亂世佳人》這部史詩式的大片，搞不好寫成電影本事亦照樣很好看。甚至寫得好到教人連原著小說也感相形失色。《教父》呢？看來不容易；乃它的敘事場次太電影化，若把故事順序以文字出之，或需倚賴太多上下文之交代，不免有繁雜之弊。谷崎潤一郎的《春琴抄》小說，若將之寫成精短的「故事大綱」，可以極其動人，幾乎令讀者看不出有什麼漏失之處，莫非這就是最佳的「電影本事」

範例？

約在一九五九年或六零年，香港拍過一部國語片《手槍》，王引飾演一個窮途潦倒的南渡之人，也有點文化，太太臥病在床，一日他拾得一把手槍，便開始去搶，一次之後，又一次；終於一次比一次更心驚膽跳，當然，最後是以悲劇收場。這電影有一點國片中的「新寫實主義」意境，我雖是四十年前做小孩時看過，竟也頗有印象。及後中學時在牯嶺街買舊書，在《今日世界》雜誌上見這《手槍》中篇小說，作者竟是徐訏（1908-1980）。小說果然有許多生活之描述，頗合「新寫實主義」，但我如今來想，若寫成梗略的電影本事，亦極有可能會更雋永瀟逸。

這幾日念及這個題目，恰又找出以下這篇《單車失竊記》（*Ladri di biciclette*, 1948）三十年前我將之寫成「電影本事」的老稿子，索性附上。

《手槍》

作家徐訏刊登在《今日世界》雜誌的中篇小說所改編成的電影。描寫「南渡」人士至港所遭之生活困境。

《手槍》

狄西嘉（Vittorio De Sica）的《單車失竊記》中的小孩是一個真的人，是一個有意思的人。

他知道爸爸第一天要上工，早上對著鏡子把頭髮梳了一下，把小圍巾戴在脖子上，那麼算是準備妥當了。當要走出家門時，他還擔心什麼事沒有安頓好（像個一家之主），他轉頭看了一眼在床上睡著的襁褓中的弟弟，便即走向我們，我們不知道他要幹嘛。他把窗闔上。

他爸爸的車被偷了後，他就開始一直和爸爸去找。他在舊貨市場還蠻像一回事地檢查著車鈴、找尋著打氣筒，一副充滿責任感的大人模樣，但被攤販老板突然一下打在頭上，就立刻顯出小孩的驚怕表情。

他爸爸在教堂追不到一個和偷車賊有來往的老頭，綜合了許多火氣，在路上

《單車失竊記》

打了他一個巴掌，他有點不開心，不要跟爸爸走在一起。爸爸其實一打完，馬上就後悔，便叫他來，他不要，他只是和爸爸隔著幾公尺兩人平行地向前走。爸爸一直叫他過來，他嘴裡喃喃地說：「回去我要跟媽媽講。」

後來他和爸爸碰見了那偷車賊，爸爸揪住那害了他們慘慘的賊，他也跑去用小手揪住那人的衣服，盡一點同伴之力。後來到了偷車賊住的地方附近，刁惡的鄰居團團圍住他爸爸像是要找麻煩、要威脅他焦急卻又木訥的爸爸，他一見不對，馬上溜去找了一名警察。

最後爸爸追回失車的希望破碎，就又恨又悲起來，臉上全是痛苦。小孩不時抬頭看著難過的爸爸，走了一陣，他累了，坐在路邊休息。爸爸這時看著一輛單車停在牆旁邊，內心裡正戰鬥得厲害。最後從只剩少許錢的皮夾裡取出一張鈔票給小孩，叫他搭巴士到某處等他，小孩心神恍惚沒坐上車。他的爸爸正騎著偷來的腳踏車飛奔著，後面有一群人邊喊邊跑地追趕，而這一幕正經過小孩眼前，他的眼睛睜得好大好大，他跑過去，他的爸爸已被追上，被眾人推來拍去，有人罵他「也不知道羞恥」，有人推他一下後腦、捶他兩下巴掌，說什麼「你就給這孩子做榜樣」等等，小孩幫著爸爸，要扯開抓他的人，邊涕泗滂沱邊叫著：「爸爸，爸爸！」他還是認為爸爸好，爸爸不是壞榜樣，他愛爸爸。

最後人家放了他爸爸。他們父子倆苦痛地走在路上。他的肩膀像高大的爸爸一樣沉重。

——原刊《聯合文學》雜誌第二四九期，二〇〇五年七月。

舊金山史的電影

前幾年看一電影《致命遊戲》（*The Gme*, 1997），觀完，心底起伏，總覺得此片之離奇情節似乎熟悉，繼而嚼想啊，是了，它是一部深悉於電影史的行家之作。它構築於半來自三十年代大師法蘭克・卡普拉（Frank Capra, 1897-1991）喻人「富貴浮雲」曉人「浮生若夢」意念，半來自舊金山史（或更詳備的說，舊金山電影史）而寫成之故事。

所謂舊金山電影，指的實只是一部《迷魂記》（*Vertigo*），希區考克一九五八年的片子。六十年代中，希翁為了某種原因，將他的五部片子（《迷》片是其一）蓄意封藏，不令公映，直到二十年後，才重見天日。我得以看到《迷魂記》正是八十年代中期的美國。《致命遊戲》的邁克・道格拉斯因為小時看見父親跳樓自殺，成年後常常受此景象纏擾。他父親似是一孤僻自隔於人群的風采翩翩成功豪富，家中豪院上開的派對，其父只是自顧吸著菸，備極疏離。四十八歲時，跳樓了。如今的道格拉斯也是正過四十八歲生日，亦是成功富豪，亦是孤獨自大，並且幾乎擔憂自己是否有啥不對。由片中諸多細節可知他極不快樂，卻仍需堅守他做為豪富的其實不值一羨的自我尊高。此片便是要通過一層層的遭遇—所謂的「遊戲」—逐漸將他的孤傲、霸道、勢利受挫，而最後令他的「自我」瞬間自高處遽然墜落而得以粉碎，由此獲取拯救。這些將富貴拋去以換得自由自在之身，是卡普拉的藥方，尤其在三十年代大蕭條人時時有朝不保夕之感的低沉歲月裡。至若返尋問題癥結而面對之以療其本，則是《迷魂記》詹姆斯・史都華硬拉著金露華上Mission San Juan Bautista鐘塔以求發現真相（也求治好自己的懼高症）之作法。《迷》片結尾金露華終因先前幫凶的內疚而迷離疑鬼的自高塔上真的摔了下去，此史都華的「此恨綿綿無絕期」之必也；而四十年後《致》片道格拉斯之跌落，則是以此而得救，重新做人也。

《迷魂記》之自高處墜落，選的是十八世紀西班牙傳教士所建之教會（Mission），為了暗符女主角西班牙後裔之貴族背景，以及她這種古老族裔的鬼魂纏延後代之靈異性（故而不厭其詳的安排她去 Mission Dolores 教會，在院中佇立盯看她祖母的墳墓，又去 Palace of the Legion of Honor 的美術館看她祖母的畫像）；而《致命遊戲》之自高處墜落，選的則是金融區最富麗堂皇的 Palace Hotel（宮殿飯店），為了暗符男主角之貪得無厭炒作金融到病之至重背景。

Palace Hotel 建於十九世紀的七十年代，是淘金熱（Gold Rush）後舊金山最早一批建成超級豪華大飯店中最突出者，它的矗立，指出了這個城市的暴發，故昔年常有所謂的「連水龍頭也是黃金打造」之語，一九〇六年舊金山大地震，這幢飯店也受創不小，男高音卡羅素當時恰好下榻這裡，嚇得奔了出來，誓言再也不到舊金山演唱了。此飯店另一傲人建築，便是邁克・道格拉斯摔落的「棕櫚庭園」（Palm Court），以玻璃做屋頂（在那個年代，大面積的鋪裝玻璃算是極盡奢華），

《迷魂記》

此玻璃屋頂距地面有六樓之高。

如今這飯店改稱 Sheraton Palace Hotel，仍在原址 Market 街與 Montgomery 街交口。地震後，重建了部分，其典雅氣派已未必超過後起的 Fairmont Hotel 與 Mark Hopkins Hotel，但《致》片所以選前者而沒選後二者，便在於一來它最具古典名氣，二來它在金融區（最近於所謂的「野蠻海岸」Barbary Coast），三來便為了這個有玻璃巨頂的棕櫚庭園。此諸多取景心思，加上男主角返家見牆上滿是塗鴉，而音樂聲大作，放的是舊金山嬉皮歲月代表樂團「傑佛遜飛機」的迷幻國歌〈白色兔子〉（White Rabbit），此我前面所謂的舊金山史也。編導者可謂用心良苦。並且也不自禁透露出九十年代構思電影題材之愈來愈不易，有心之士為了不施「舊片重拍」故技，匠心獨運仍不免要懷上一絲電影黃金年代同時也是生活佳美年代的舊了。

——原刊《聯合文學》雜誌第二四八期，二〇〇五年六月。

也談胡金銓

胡金銓（1932-1997），說來有趣，我這一代的小孩是看著他電影長大的。先是他以「金銓」藝名演的《畸人艷婦》（1960）、《神仙老虎狗》（1961）、《江山美人》（1959）（飾那個唱「你要帶她走，我就跟你把命拚」的大牛）、《一樹桃花千朵紅》（1960），我們原本就熟悉得很他那張有點胖嘟嘟卻兩眼又有點嚴厲兮兮的面孔。更別說他更早演的《金鳳》（1956，改編自沈從文的《邊城》乎？）與《長巷》（1956，改編自沙千夢的同名小說）。

故而我自幼即對這個人算是不陌生。

後來的他，開始自己導演電影了，這時候的胡金銓，竟然與前面的人生稍微有點變化了。

可以說三十歲以前的胡金銓，是一個多難時代的產物。自他所演影片看來，他是個「孩子」，要不就是個幫工或跟班，顯示時代在凌亂未整前每個人能嵌在哪個位置就暫時嵌在哪個位置之處境。且看《江山美人》中的大牛，竟找了個快三十歲的他來演。再自他的人生經歷去看，似乎他隻身離開故鄉，算是避開紅禍，南渡至香港，遂不得不做上一些學徒的工作，這一段「多能鄙事」的少時，為他日後打下了「更要爭氣」的基礎。

三十歲以後的胡金銓，又幾幾乎是一個微顯犬儒、影片氣勢不凡、評論界常以學術角度論他的嚴謹君子了。

這麼樣的一縷生命路數，倒是頗奇特的。同時，也可能頗辛勞。

《畸人艷婦》
胡金銓見證了國片最有意思人物的年代。
左一是江薇（影星秦沛、姜大衛的母親），右一是樂蒂（曾演《梁山伯與祝英台》等名片）。

《長巷》
國語片到了五十年代的某種呈現。哪怕南渡到了香港，「家庭倫理劇」仍是華人電影極愛刻劃之題材。

《江山美人》

《一樹桃花千朵紅》

香港五十年代國語片會將他選角為「孩子」，一來或許編導者自手邊現成的同事朋友提取，二來或是他的長相有一股童稚氣。這種社會上認定的習慣，或許對他的成長模式，有了某些影響。也就是孩子的那一時段不易跳進青年的那一時段。後來甚至青年的時段完全模糊，直接進入中年時段。

故而後來胡金銓的電影題材，很顯然不環繞在青春愛情、男女思慕上，甚至也不著墨在家庭倫理上。哪怕家庭這一概念，在他十多歲離家前，是極深極濃的影響著他（他生活在三代同堂、四合院式的北京大家庭中）。

胡氏開始拍片時，完全不呈露當時香港的風貌，而進入自己最喜造就的歷史世界，並且其中含蘊著他出身的華北風土。即說一點，他電影中角色的語言，完全與所有國片的用語不一樣，是胡氏自己敲錘過的北方話。他對十八歲以前在家鄉北平記憶中所聽所講的尋常百姓語言，深深懷念卻又有些淡忘與隨著時日流逝後的不確定，於是在讀老舍小說時偶可重溫一點，卻又未必全面；也不時在臺北的停留期間最樂意與北平出來的推行國語最力的何容（1903-1990）老先生多所相談與請益，往往將好些個字眼早年家鄉是怎麼說的，一一給勾索了出來。此一刻也，是他最快樂的學術之行，亦是溯源之旅。

猶記七十年代末，某次在臺北聽他聊天，他言及香港港英政府的政策，是希望港人使用粵語，而不是國語。如此一來，香港的華人比較能掌控於英人手中。胡氏謂，他早知這種陰謀，雖會說粵語，但他儘量讓自己說國語。

胡氏的故國（或說故園）觀念，算是濃重的。他的離開赤化中國，有很長（甚至終其一生）的時間極不認同共產黨，尤以五、六十年代他的大伯一家被鬥得甚淒慘，他道來很是沉痛。

這樣的他，很長一段時日，既不可能依歸中共，又未必欣賞國民黨，再加上對港英政府亦不盡滿意，稱得上一個天涯漂泊人。正好寄情於古裝電影，更好是武打片。

八十年代中期，胡金銓旅居洛杉磯東郊的 San Marino 時，自己讀讀書、查查圖書館資料，算是逍遙自在，偶至 Monterey Park 華人餐館林立之地吃一盤「王家餃子館」的炒餅，便已是最慰藉他北方脾胃的上等享受了。

六十年代港產的武俠片，造型早濫，即胡氏的《大醉俠》（1966）在造型與裝具上也沒法與別的片子差異太大，只不過他的轉場與剪接比較利落罷了；然自聯邦的《龍門客棧》（1967）起，胡氏的片子便有一股「正宗」味，凜然有一襲尊貴氣。這時，人們可隱隱知道國片中的武俠片開始有講求考據的人出來矣。

《大醉俠》

胡金銓最早的一部武俠片。將不少傳統武俠小說的元素（如惡僧、恐怖寺廟、暗器、下毒、丐幫、酒館……）皆編進戲裡。但已隱隱顯出胡氏斷然不甘只是拍這樣的武俠片，他或要追尋更多「歷史故實」（如後來將「明朝」置入的諸片如《龍門客棧》、《忠烈圖》等）。

胡金銓正因為有孤身一人流亡至港、參與不甚製作精良國片的配角演出等經驗，或許益發激勵他人生後來的志氣，遂在「香港時期」的奠基工程（編導《大地兒女》（1965）、《大醉俠》）後，於「臺灣聯邦時期」完成了他作為「風格家」的大師地位。也就是拍了《龍門客棧》、《俠女》（1971）二片。

《龍門客棧》是一九六七年最賣座的國片，然它不僅叫座，亦叫好。乃《龍》片充分顯現出胡氏的場面調度。且看一場戲，蕭少鎡（石雋飾）第一次抵客棧，沒遇上吳掌櫃（曹健飾），與東廠爪牙打了一架，結果受大檔頭（苗天飾）勸停，出得門來，走至荒遼沙地，結果遠處一人拱手站立，正是吳掌櫃孤立風中，似在相待。這一場戲，饒有味道，便是胡氏的場面調度也。

《龍》片之廣受歡迎，尚有一原因，便是其類型可稱作「召集眾好漢完成一使命」片。吳掌櫃為了救于氏姊弟（忠臣于謙的遺孤），不但找了石雋，找了薛漢、

曹少欽(白鷹)不敵朱輝(上官靈鳳)與蕭少鎡(石雋)，身中數劍，猶作垂死掙扎。
監製張陶然・製片楊世慶・編劇張九蔭・攝影華慧英
龍門客棧
伊士曼彩色
導演胡金銓・上官靈鳳・石雋・白鷹主演

《龍門客棧》

上官靈鳳兄妹，後來還加入了曾遭東廠嚴罰下過蠶室、反正來歸的萬重山兄弟二人；終虧有那麼多人，最後才殺了白鷹。這種「召集好漢」片，好萊塢最有名的就是《決死突擊隊》（*The Dirty Dozen*, 1967），日本黑澤明的《七武士》是影史上最經典的例子。但始作俑者，當是一九五〇年約翰．休斯頓的《夜闌人未靜》一片也。這種志士集結一堂，然後出生入死為了完成一樁大事，最能扣緊觀眾心弦。

《龍門客棧》是一部充滿打戲的片子，於是「如何安排打鬥」、「為何打」最是重要。當年胡氏妙手偶得，弄出這樣一部充滿打鬥意趣的經典武俠片，遂成就他的武打片大師之聲望。

三年後的《俠女》，更幽邈了，更上一層樓了；卻不知是少了股生猛氣還是什麼，當時並不賣座。然知音卻更讚賞此片，終於在一九七五年的坎城影展奪得

《俠女》

《俠女》

委員會最高技術大獎，這對國片來說，是破天荒的殊榮。

《龍門客棧》一片的編寫模式，其實最適合胡金銓；簡單、乾脆、人物鮮明、陸續登場、最後要完成一使命。這樣的片子，最不用講太多的主題或哲理，卻是結結棍棍的純粹視覺享受。我遇過不少影迷，大夥皆這麼認為。

稍後的《三叉口》（《喜怒哀樂》中的《怒》（1970））、《迎春閣之風波》（1973）、《忠烈圖》（1975）皆是打片，也皆不令人討厭。

尤其規模愈小、場景愈單純，愈能拍出豐富的打戲。《忠烈圖》一共沒幾堂景，有時在樹林，有時在海灘，有時在村屋，亦偶在衙門（即有屠光啟飾朱紈的部分），簡單之極，卻照樣能打出好戲。但看你想不想只拍打戲而已。

《迎春閣之風波》一片，最具魅力處，是田豐所飾的一個人物李察罕。這雖然是一打片，卻增添了一些韻味，尤以片尾韓英傑彈三絃唱關漢卿小曲，這段在刺李前的鋪排尤其動人。

《忠烈圖》中亦有一妙韻，即飾伍繼園夫人的徐楓，從頭至尾不說一語，卻叫人愈看愈覺著美、愈覺著英氣過人，真是好筆。讓她穿苗服，亦絕妙安排也。

後期的胡金銓，在人物造型上，其實更老練、更富深韻也！ 即以田豐這老演員為例，他演的李察罕，那股王侯的尊貴之氣，哇，我們怎麼以前沒注意到這麼一位高手呢！

大夥似乎不約而同有一種見解，便是胡金銓有太多可以拍出給世人看的東西，卻似乎只呈現了極少。 這是最教人嘆息的。已故的遠景出版社老闆沈登恩，當年一直希望出版胡金銓各類的雜項著作，卻也倉促間只湊上了一本《山客集》。他的才能太多，畫他畫得好，明史他讀得好，老舍的文章他研究得好，太多太多，這造成拍電影亦可能分神嗎？不知道。

他應該專注於把劇本編寫得更完善，或覓得更適宜的合寫者，或找到更好的製片替他先張羅寫故事之人……等等之或許。然而誰是這樣的合編者？誰是這樣夠意思又體恤他的製片？

胡導演其實一路走來遇著的貴人並不少，像早期的夏維堂、沙榮峰，或後期的胡樹儒，皆在他的拍片生涯裡起了很重要的作用。再就是，有太多敬重他、視他為恩師的終生好友，像鄭佩佩、石雋、徐楓、張艾嘉等，總是人前人後為胡導演解釋外人不夠理解的片中瑣節、為胡導演找尋更優厚的拍片機會、為胡導演張羅新片可能徵召的人才與錢財。這些年輕時跟著他演戲的人，本身已然蘊涵了俠士俠女的義風，這是國片中最了不起的道德倫理。

他應該可以找到相當說得過去的資金（即使不必太多），他也應該可以找到相當有陣容的大牌為他擔綱演出，甚至他還可以隨你想怎麼拍就怎麼拍、事後別人再來埋單，皆可能也。其實哪有這麼困難呢？只要你胡導演自己審時度勢、找到最可發揮的時機與最稱意的合作夥伴，便何事不能成？

當然，人生如戲，拍出怎樣的好電影與怎樣籌拍電影，有時後者更難。誰能人生像電影每場戲皆調度得既高低有致又圓融沉厚、渾然天成呢？

——原刊《中國時報・人間副刊》，二〇一二年七月二日。

美國露天汽車電影院

露天電影院，是美國的獨特發明，是各種「露天」（drive-in 餐館、drive-in 銀行、drive-in 教堂等）的祖師爺。是汽車文化及寬闊疆土下不自禁產生的天才作品。社會學家或許會看到它低階層民眾的普及消遣意義，而這低俗消遣竟然使他們像王侯一般在自有的「包廂」中享有。這點，豈不就是美國的平等？

靈機一動，加油站成了汽車電影院

熟悉汽車文化史的人必然知道：第一家露天電影院開創於紐澤西州的坎姆登（Camden）的威爾遜大道（Wilson Boulevard）旁的停車場。時間是一九三三年六月六日。創始者郝林謝（Richard Hollingshead）。原就已有成功的加油站生意，有一天他看著成排的汽車等著加油，突然生一靈感：「能不能讓顧客在等加油的當兒，提供什麼娛樂給他們？」於是他去申請了一個專利，叫「開進來」（drive-in），指的是汽車在等候服務時的車道上之做生意權。不久就演變成他的第一家露天電影院，可容四百輛汽車。第一部在露天放映的電影是《太太當心》（*Wife Beware*, 1932），票價是一個人兩角五或一輛車兩角五，要不就是一滿車收一塊錢，看你覺得哪樣最合算。

由於生意很好，郝林謝同合夥人還遠赴另外的州去開露天影院，像麻薩諸塞州的 Weymouth、加州的 Santa Ana Burbank 等地。

到一九四五年，全美正好有一百家「露天」，也正是這一年，「露天」不再具有專利效益，人人可以開辦。偏處西南的德州，以最快的速度興起露天熱，一九四八年起領先各州，擁有七十九家「露天」，從那時起，德州一直皆是全美第一名「露天」州。次於它的是加州及俄亥俄州，再來就是北卡羅萊納州及佛羅里達州。

「露天熱」蔚為全美家庭活動

幾十年來，每當夏天的周末晚上，一家人吃飽晚飯，父母親帶著小孩坐上全家最新最寬敞的那部汽車，進到一個像「汽車趕集」似的大場地，把車按地上劃的區線停好，車旁有根桿柱，上有喇叭，把它放在車窗架上，隨即爸爸到販賣亭去買零嘴，同時在現場來來往往的還有別的家庭，以及年輕男女，大家都等著馬上要來的節目：電影開映，這就是露天電影院，每個人坐在自己的汽車裡，朝著同一方向瞪大眼睛，不時嘴巴還嚼著，有的正喝著飲料，有的好幾個人正在分撕一隻炸雞，有的耳鬢廝磨正在聊自己的事，有的青年男女已經爬到後座，從車窗表面已看不到他們的頭，更有的中年男士已打起鼾來，而旁邊妻子還盯著銀幕緊張。這一切，是美國的大眾化娛樂。是你自遠處的高速公路上眺望那一孤獨閃動的銀幕以及其下幾百部悄然無聲的汽車在星空良夜下呈顯的無限荒涼。這種夜晚，不像是電影的夜晚，倒像是牛仔的夜晚，農夫的夜晚。而這種活動，是「非都市」的活動，是完全原野的。至於觀眾，當然是所謂鄉下人。

「躺著看」電影，打嗝放屁隨你高興

鄉下人能夠不進城就獲取某些享受，自然最受歡迎。不用換下連身工裝，不用刮鬍子剃頭；可以喝著啤酒抽著香菸，可以手拍儀表板腳跺車地板大聲叫絕；打嗝放屁完全隨意，這種種，如何是戲院比得上的？

它不像戲院，沒有位子，於是沒有正襟危坐那一套觀賞態度，它有的是「躺著看」的態度；於是歪歪倒倒地看過二千部露天電影的人大有人在，你問他這片講什麼，那片講什麼，他一概不知道，他只管看，不管看進去。

「躺著看」的態度，也影響電影的題材；沒有人在躺著時，樂意看蘇俄的塔可夫斯基（Andrei Tarkovsky）或希臘的安哲羅普洛斯（Theo Angelopoulos）所導的藝術片。但恐怖片、拳擊片（洛基）、功夫片（李小龍、成龍）、怪物片、墳場片，以及早年曾經流行各個時期的海灘片、空姐片、護士片、女囚片等皆極適合躺的這種觀賞角度。露天的片子，有人歸納，不外三大片型，所謂三B是也：Blood（流血片）、Breasts（大奶片）、Beasts（怪物片）。可見露天的軟體也有其特殊類型。

一般而言，它必須①劇情誇張——恐怖片要「過分」恐怖；嚇人就要不停的嚇。荒唐鬧趣片要「離譜」地荒唐。②音效誇張——這是坐在車裡遠遠遙望銀幕的行為，若聲音小小的，片子進行安安靜靜的，則不但令人不易接獲訊息，也會令人悶悶想踢方向盤上的喇叭。因此，即使港產功夫片的過分不真實的拳風腳聲的呼呼音效，亦很能符合 drive-in 觀的意趣。

綜合式的文化訴求：狂吃猛飲、打架戀愛樣樣都來

Drive-in 自初創時就約定俗成的「兩片同映」（double feature），有時為了促銷或逢特別節慶，甚至三片同映，這造成觀眾大方跳看、漏看、略看的浪費習慣、菜太多了，這盤咬一口、那盤嚐一下，也就夠了。加上在汽車這塊自我獨據的小天地裡有太多相關的事可同時擁有，於是遠處那片銀幕不必非是今晚最固守不移的目標。有人到露天影院，為了吃炸雞，因為他從來沒有在別的地方吃過那麼好吃肯塔基炸雞；在店裡、買回家裡皆比不上這裡。有人到露天影院，為了喝酒。有人為抽大麻。有人為吃爆玉米花、冰淇淋。有人為了夏夜出來乘涼。有夫妻為了重溫舊夢。有青年男女想利用這裡製造小孩。有些小博士型的中學生眼鏡框上貼著膠帶、為了向班上幾個調皮同學證明他也能約馬子看 drive-in，於是來這裡。

由此看來，drive-in 文化是綜合訴求，而非單一訴求。進 drive-in 影院，不

意味著「只看電影」，它可以是好幾種活動同時進行，經由面對一張遙遠的布幕就成。

於是許多電影院裡不易有的演變，露天裡很多；像上廁所的人以及其排解量皆極多，乃因太多人到此像吃拜拜一樣狂飲猛吃。像打架事件及相罵場面亦多。至於男女吵了架，女的一怒之下開車猛離，往往連掛在車窗上的擴音喇叭都拉著跑了，這種畫面，戲院裡絕對看不到。

這種小型喇叭，一九四六年才被設想出來，以取代最早的銀幕旁放的大型喇叭。大型喇叭隔空傳聲音過來，進入你的汽車時，中間經過好幾陣微風，你聽到的人聲都是抖抖的。

後來更進步，利用收音機頻道來播放影片的聲音。方法是你車子進廣場大門前，有一大牌子，上書：「請調到一〇五五」，你停好車，調你的收音機至一〇五五，然後熄火但不熄電，就這樣眼望遠影、耳聽近音。

五十年代是露天影院全盛期，全美有過五千家露天影院

露天影院的全盛時期，不用說，是五十年代。據說那時有半數的人去 drive-in 是穿著睡衣去的。你能想像當時這個國家有多麼快樂。在一九五六年的尖峰狀態，全國超過五千家露天影院。附屬的促銷活動與設施也應運而生，旋轉玩具馬、滑梯、秋千、飲食座、手提車用小暖氣提供、修車提供、殺蟲燈提供、洗衣機、barbecue 場地……等等，簡直是綜合遊樂場了。

在南卡羅萊納州，曾經有在你看片時，請小孩替你買菜做為促銷手段的。在德州，冬天時露天影院提供每車一加侖汽油，使你引擎一直開著而發送暖氣。

那時露天影院提供的工作也多，很多孩子都打過這種工，像：收門票、掛喇叭、擦廁所的低級留言。還有，拿著手電筒一輛車挨著一輛平照，若有頭低於窗臺高度，馬上喊：「歸座！歸座！（Back ow! back row!）

有些小孩沿著車陣遊走，兜售零食。有時看到不宜鏡頭。當車內人叫他等下再來時，有的售物小童會說：「你不買，我不走。」

露天影院史上最偉大的首映：《大地驚雷》，約翰・韋恩丰采絕倫

見 drive-in 完全根植於極其童騃、極其俚俗的風土裡。而 drive-in 最普及的區域又正是最貧窮、最落後的南方。早年，在一塊牧牛地或一片豆子田上架起一塊白布，擺上一臺放映機，生意就開始做了，那時租一部電影一星期只要十二元，來的汽車超過五十輛之後，就是你純賺的了。來看的，全是莊稼孩子，那時還沒電視，drive-in電影是他們一生中首次看到的會動的畫面。劇情不劇情，他們不管，只要銀幕上一直有東西在動就好。

那時，甚至連爆玉米花的機器還沒有，於是觀眾捧在手裡吃的，竟然同早年臺灣很像，是煮花生。

這來看片的孩子，據有的drive-in老闆說，「在高中拿的都是丙下或丁等的成績。他們一年看不到一本書。」於是早年在露天放的電影，也不禁爛片極多。一九四九年，禁不住露天影院老闆們的抗議，一部稱得上「大片」的西部片《柯羅拉多領地》（*Colorado Territory*, 1949，由Raoul Walsh導演）在丹佛（剛好是西部大城）的露天影院首映。這是drive-in受到重視的首例。

Drive-in史上最偉大的首映，有人說是一九六九年在德州達拉斯的「雙子星露天影院」（Gemini Drive-In）有一萬人等著看《大地驚雷》（*True Grit*, 1969）的登場。當然，因此片獲奧斯卡最佳男主角的約翰・韋恩也到了現場，他站在高臺上，拔出左輪對空射個幾槍，以示慶祝。這一刻，許多少年眼眶充盈著淚水，認為是一生中最愉悅又最高昂的一刻。有人說，那個晚上你若沒親眼得見「公爵」（指約翰・韋恩），你就不算渡過六十年代。

B級片是露天的主流

露天電影院放映的電影，由於「露天」的特殊性格，也呈現其特有面貌。比方說，李小龍是露天觀眾的熟面孔，並且也是偶像。《勢不兩立》（*Walking Tall*, 1973）是露天的標準片型。演員彼得・方達（Peter Fnda，亨利・方達之子，珍・芳達之弟）是露天的明星，而他老爸及老姊皆是室內戲院的大牌，正好與他相反。

B級片露天的當然主流，而羅傑・考門（Roger Corman）稱得上B級片之王，其

《大地驚雷》

《勢不兩立》

所製及所導的眾多影片皆完全符合露天觀賞文化之三昧。另外的B級片大師如山姆・富勒（Sam Fuller）及艾德格・烏默（Edgar Ulmer）皆為露天樹立了「價廉物美」的楷模。像烏默的名片《改道》（*Detour*, 1945）用五天拍成，他的《赤裸黎明》（*The Naked Dawn*, 1955）用十天拍成，至於他在一九六〇年拍的兩片《The Amazing TransparentMan》及《Beyond the TimeBarrier》皆只各用了十一天拍完。

「貓王」是露天的影帝，梅咪・凡多倫則是影后

露天電影假如也有所謂影后的話，那必非梅咪・凡多倫（Mamie VanDoren）莫屬，然而她在室內戲院，根本不怎麼有名。「貓王」艾維斯・普里斯萊是露天的重要偶像，自五十年代中期至七十年代中期，只要他的片子自箱底取出重放，總是「場無虛車」。典型的露天演員，像Joe Don Baker（演《勢不兩立》），Bo Svenson（《勢》片續集），Michael J. Pollard（演《邦尼與克萊德》）等是。近

年來的 Chuck Norris、Arnold Schwarzenegger、Sylvester Stallone（演《洛基》多集及《第一滴血》），甚至成龍，都成了「露天演員」的範疇，深受露天觀客之喜愛。

露天片的類型，重要者不外：

Ⓐ太保片（JD — juvenile delinquent），如《黑板叢林》（*Blackboard Jungle*, 1955），如《養子不教誰之過》（*Rebel Without a Cause*, 1955）、《Crime in the Streets》（1956）、《The Delinquents》（1989）、《Teenage Doll》（1957，一部太妹片）、《The Cool and the Crazy》（1958）等。代表人物是 Sal Mineo。

Ⓑ搖滾片（rock and roll），如一九五六年的《Rock around the Clock》，是第一部搖滾片，唱紅此曲的 Bill Haley and His Comets 在這片裡唱了九首曲子：

《黑板叢林》
我初看此片是在七十年代末。當時馬上覺得，這不就是六十年代的《吾愛吾師》（*To Sir with Love*, 1967）嗎？

《Teenage Doll》

《Rock around the Clock》

《The Wild One》

然而此片在許多地區被禁。另外還有《Don't Knock the Rock》（1956）、《Rock Rock Rock!》（1956）、《Jailhouse Rock》（1957，貓王名片）、《Go, Johnny, Go》（1959）、《A Hard Day's Night》（1964，披頭四名片）等。

©摩托車片（biker），如馬龍白蘭度的《The Wild One》（1953），如《The Wild Angels》（1966）、《Hell's Angel on Wheels》（1967）、《Little Fauss and Big Halsy》（1970）、《Devil's Angels》（1967）、《The Born Losers》（1967）、《Angels from Hell》（1968），甚至如《意興車手》（*Easy Rider*, 1969）皆是。

其他像大力士片（以 Steve Reeves 主演的為代表）、公路電影、戰爭片、外太空怪物片，再加上前面提到的墳場片、女囚片等，皆是露天的雜陳百味。

恐怖片近年來蔚為露天片之大宗

早年，最受人歡迎的經典露天片，是演員勞勃・米契（Robert Mitchum）自製、自演，出於自己故事的《雷霆之路》（*Thunder Road*, 1958）。這部一九五八年的公路電影，多年後每次推出重映，總是極受歡迎，尤其是在頗有禁酒爭議的南方，露天電影院的老闆們提到此片必然嘴角浮起笑意。

近年來受歡迎的露天片，多半以恐怖片為主流，像《十三號星期五》（*Friday the 13th*, 1980）、《月光光心慌慌》（*Halloween*, 1978）、《德州電鋸殺人狂》（*The Texas Chainsaw Massacre*, 1974）之類；但它們的老前輩，那部一九六八年的《活死人之夜》（*Night of the Living Dead*, 1968）可說是露天的長青樹，多年來一逕大受歡迎，即使有些城鎮禁映。

《德州電鋸殺人狂》

《活死人之夜》

Drive-in選片放映，亦有其檔期；像遇到復活節之夜，會放《聖袍千秋》（*The Robe*, 1953）這部史上第一部「寬銀幕」（Cinema Scope）鉅製；或是另一聖經片《The Sign of the Cross》（1932）。這些都是長片，有時還在黎明前再加映一部《十誡》（*The Ten Commandment*, 1956）。

萬聖節，也是重頭檔，有些頗具規模的露天電影院會特別弄來一只棺材，做出一個墳場埋葬儀式。然後舉行抽獎，第一名可得整年分的肯塔基炸雞。

據說，最好的露天生意時節，是甘迺迪總統被刺後的一個星期，每個drive-in都爆滿。原因是大家被電視上重複播放的新聞轟得疲累不堪，逼得只好關掉電視機，到外頭舒一口氣。

去年舊金山灣區在十月十七日的七點一級大地震後，亦是電視新聞日夜地播放討論，不知在灣區的 drive-in 電影院（舊金山南的 Geneva 4，奧克蘭的 Coliseum 4，以及 Union City、Burlingame 等地）是否也是擠滿了避開電視機或甚至避開室內電影院（在餘震時極可怕）的露天觀眾。

電視，不錯，是搶走了不少露天影院的觀眾，這在電視發明之初即然。後來有了「有線電視」（Cable TV），更是對露天電影構成威脅，這十年來，露天愈來愈像一種「消失中的美國」（Vanishing America），三天兩頭有人關閉，像德州聖安東尼奧的 Trail Drive-In 及 Lubbock 市的 drive-in 都關了。賓州匹茨堡的 Greentree Drive-In 拆掉，改建成旅館。加州橙縣的 Fountain Valley Drive-In，曾經首映過拉寇兒薇芝的《一百萬年以前》（*One Million Years B.C.*, 1966），如今改建成共渡公寓群。新墨西哥州老城套斯（Taos）的 Kit Carson Drive-In 要改建成 Walmart 百貨公司。喬治亞州梅肯（Macon）市的 Southside Drive-In 也垮了。克利夫蘭的 Northfield Star Drive-In 也給燒了。德州 Palestine 市的 Dogwood Drive-In

改建成室內戲院，原來的單一銀幕變成現在的四個銀幕，以及太多太多的 drive-in 改成廢車場、改成跳蚤市場，甚至只是改成荒地。

氣候乾熱的德州、新墨西哥州、亞歷桑那州、加州等都竟然免不了關閉露天的命運，更何況北方寒冷的州。三年前我經過麻薩諸塞州的 Northfield 鎮，正好在有名的貴族高中 Northfield Mount Hermon School（許多遠自臺灣、香港來此一年繳一萬四、五千元學費的學子）附近有一個 drive-in，看板上登著兩部片《Ernest Goes to Camp》與《Color of Money》，要在周五、周六、周日三個晚上放映，牌子上還寫著 Tune to AM 540（撥到調幅臺五四〇頻道）。我看到時是夏天傍晚，新英格蘭已有微微寒意，然而看來這 drive-in 似乎還在營運，令我仍不禁為它擔心。如今事隔三年，不知它還無恙否？

我在美國唯一看到的一家准許人抽菸喝酒的室內電影院，是在阿拉巴馬州的亨

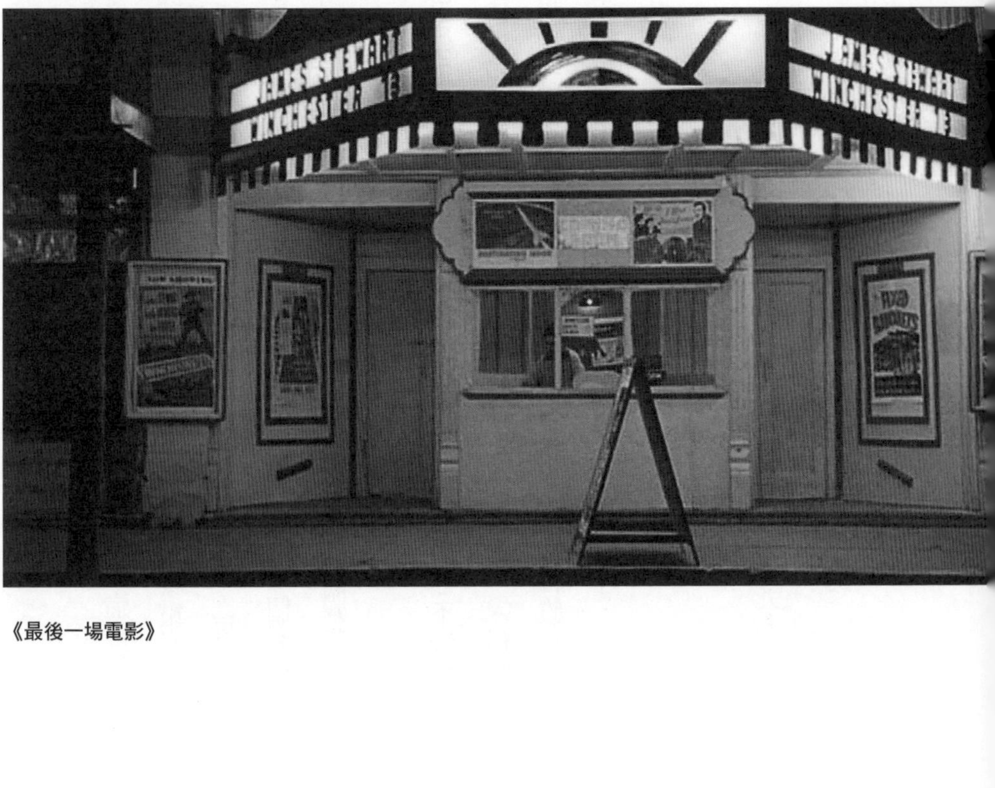

《最後一場電影》

茨維爾（Huntsville）市的 Alabama Pitcher Show（阿拉巴馬「壺」）戲院。它的起名，似乎來自德州西部小說家 Larry McMurtny 的名著《最後一場電影》（*The Last Picture Show*）的聯想。這家戲院演二輪電影，票價便宜，一元五角，每人座前有一塊木板，上置菸灰缸及 menu，你可就 menu 來點啤酒及漢堡，有兩三個 waitress，她們在黑暗中眼力必須不錯，一見有人轉頭或稍稍抬手，便能走至近前服務。

Alabama Pitcher Show 是一種室內的 drive-in，但仍然不能喧譁及放肆，一如在自己的車子內，可也已然是南方人才弄得出來的創舉。《最後一場電影》也拍成電影，裡面講到一個小鎮的電影院馬上要關閉，於是將放映最後一場電影。這個情形，與近年的露天電影院的命運一模一樣，想到這裡，不禁浮起了《最》片中荒涼枯寂、風吹滾地草的那種黑白色調下的無盡悲愁。

——原刊《中時晚報・時代副刊》，一九九〇年十一月六—八日。

晚期電影竟然還那麼好的黑澤明

黑澤明（1910-1998）這麼偉大的導演，作品的起落，也很值得探討。

在八十年代，我們已經會發出「黑澤的電影，晚期可能最好！」這樣的論調。

這說的是，當《影武者》（1980）拍出來後，後來竟還有《亂》（1985）。而這些佳作，其實再往前溯，有七十年代中的《德蘇烏札拉》（1975）。而沒想到，到了更晚，竟然他還拍出了《八月狂想曲》（1991），簡直太厲害了。你現在去觀察，後來很多拍日本家庭的佳片，像是枝裕和的《橫山家之味》（2008）等，其實這類片子的前輩作，是《八月狂想曲》。

而黑澤早期，從一開始的《姿三四郎》（1943）、《姿三四郎續集》（1945）、《踏虎尾的男人》（1945）就已經很厲害了。那是四十年代。

到了拍《七武士》、《蜘蛛築城》（1957）的五十年代中期，幾乎是到了巔峰。

相對來看，六十年代的黑澤明，應該是最差的。臺灣在六十年代，有些知識分子很推崇《紅鬍子》（1965），說是很富人道主義。我心想，那可能是黑澤明最糟的電影之一呢。

其實《用心棒》（1961）、《椿三十郎》（1962）有其講故事的特有技藝，令義大利的賽吉奧・里奧尼（Sergio Leone, 1929-1989）簡直太心儀了，於是拍出了幾乎是學樣的《荒野大鏢客》（*A Fistful of Dollars*, 1964）三部曲與《狂沙十萬里》（*Once Upon a Time in the West*, 1968）這樣的「義大利麵西部片」。

但《用心棒》等片，再加上甚至在西方得獎的《羅生門》（1950），實不是黑澤明最超絕的作品。

《用心棒》臺灣譯為《大鏢客》，《椿三十郎》則譯為《大劍客》。這兩片很可以學電影裡的小機關，是黑澤明拍片老到後，發展出來的一套獨門「構思拍東西的方法」。於是，遠方的賽吉奧・里奧尼如獲至寶，覺得片中充滿了他可以取來創作的無盡靈感。

但如你不是專業拍電影的「技術人」，純以觀賞片子言，《大劍客》、《大鏢客》不算我激賞的電影。

七十年代中，歷經低潮並自殺未遂的黑澤明，拍出了令人完全意想不到的烏蘇里江流域赫哲族獵人故事的《德蘇烏札拉》，令西方觀眾又一次見識到他的厲害。也於是逐步推往他拍《影武者》與《亂》兩部大場面又充滿打鬥的動作片。所謂「逐步推往」，乃好萊塢如今已成氣候的柯波拉（拍過《教父》）與盧卡斯（拍過《星際大戰》），已能幫他糾集資金或推動發行等事。

等到再老一些，他又回返小品，拍了《夢》（1990）、《八月狂想曲》、《至聖鮮師》（1993），皆叫人咀嚼無盡。

說了這麼多，是要說黑澤明一輩子佳作太多，卻仍能在老年依然找到他擅長的材料並將之拍得那麼恰恰美妙，這是很值得珍惜之事。

——二〇二一年四月二十九日。

時代會湮沒有些電影

山姆・畢京柏（Sam Peckinpah 1925-1984）在七十年代頗紅過一陣子，連Bob Dylan的〈Knockin' On Heaven's Door〉這麼常被傳唱的曲子，也還是出自他的電影《比利小子》（*Pat Garrett And Billy The Kid*, 1973）。但他在「播片平臺」如Netflix等，實在不甚見他的影片。也就是說，他算是被遺忘的導演了。

《牛郎血淚美人恩》（*The Ballad of Cable Hogue*, 1970）這部嬉皮思維的西部片，現在不大有人看了，更可能不大有人知道了。

差不多時間的《太陽兄弟》（*Monte Walsh*, 1970），李馬文、珍妮・摩露主演，當然也沒有人提了。《太陽兄弟》出自不甚有名的導演，也就罷了，但畢京柏何等有名，當年何等與好萊塢弄得超大不愉快，又拍過超大製作《鄧迪少校》（*Major Dundee*, 1965）、《日落黃沙》（*The Wild Bunch*, 1969）等片，但照樣今日受人遺忘。

我若挑畢京柏的作品，在年假或極閒之時來重溫，完全不考慮《鄧迪少校》、《日落黃沙》這種大部頭卻極可能迂悶之作，《牛郎血淚美人恩》也可能慢吞吞，最有可能的是史提夫・麥昆（Steve McQueen, 1930-1980）演的《亡命大煞星》。

勞勃・瑞福（Charles Robert Redford, Jr., 1936-）後來也自己作了導演，在表演上，他是影壇長青樹，一直有演出。但六十年代末我喜歡的一部《飛魂谷》，幾乎也沒人提了。

他演的《猛虎過山》（*Jeremiah Johnson*, 1972）當年極紅的導演薛尼・波勒克（Sydney Pollack, 1934-2008），看來也早被人忘了。

同樣導演、同樣演員的《英雄不流淚》（*Three Days of the Condor*, 1975），或許有人記得，但絕對不會在 Netflix 收進片庫裡。可見如今的「播片平臺」的思維矣。

和勞勃・瑞福一起演出《虎豹小霸王》（*Butch Cassidy and the Sundance Kid*, 1969）的保羅・紐曼（Paul Newman, 1925-2008），當年（六十年代）簡直太紅了。他的《鐵窗喋血》（*Cool Hand Luke*, 1967）、《江湖浪子》（*The Hustler*, 1961）被太多人津津樂道。而他也導演過一部片，叫《永不讓步》（*Sometimes a Great Notion*, 1971），其實拍得相當不錯。當然，現在不大有人提到了。老片的頻道裡，也未必看得到。

《亡命大煞星》

UNIVERSAL PRESENTA
"Casta invencible"
con
PAUL NEWMAN · HENRY FONDA
LEE REMICK · MICHAEL SARRAZIN
y RICHARD JAECKEL

《永不讓步》

同樣一個明星，也在同一年，一九七一，自己做了導演，拍了《迷霧追魂》（*Play Misty for Me,* 1971）相當成功。他就是克林・伊斯威特（Clint Eastwood, 1930-）。這部片說的也是所謂「致命的吸引力」。這片捧紅了一首老民謠，叫〈The First Time Ever I Saw Your Face〉，唱紅它的是黑人女歌手 Roberta Flack。

伊斯威特在演出《荒野大鏢客》等「意大利麵西部片」時已極紅，後來近二、三十年做導演也依然紅，如今都年過九十了，但他早年導的《迷霧追魂》，也不容易看到了。

前面講的兩大導演，畢京柏與波勒克，畢氏的《午後槍聲》（*Ride the High Country*, 1962）、《大丈夫》（*Straw Dogs*, 1971）、《鐵十字勳章》（*Cross Of Iron*, 1977）絕對值得回顧。而波氏的《往日情懷》（*The Way We Were*, 1973）、《窈窕淑男》（*Tootsie*, 1982）、《遠離非洲》（*Out of Africa*, 1985）等，又是當年何

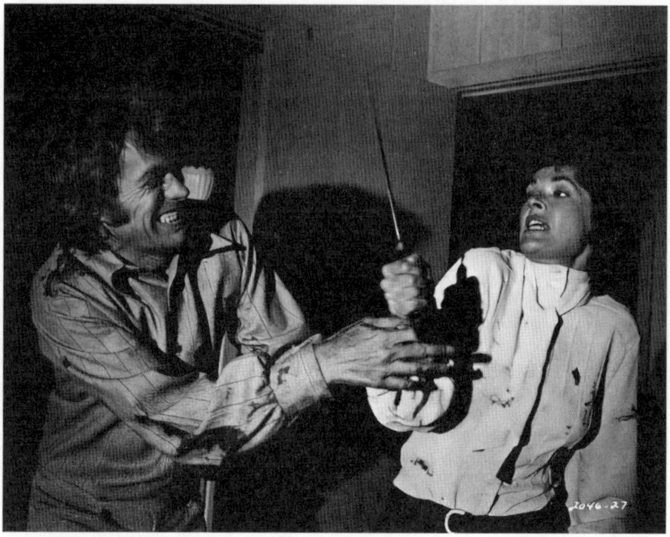

《迷霧追魂》

《午後槍聲》

等的受歡迎，但如今都不受提起了。噫，時代的變化何等巨大啊！

以上談的片子，皆是《教父》相近年代之作。然《教父》一直在各種頻道或平臺播出，這些片子卻沒有，可見命運之不同也。

——二〇二一年三月三十一日。

臺灣新電影之前的偉大導演

在臺灣新電影之前的六十、七十年代，最受知識分子矚目的導演，是宋存壽。

他的名作是國聯公司的《破曉時分》（1968），但他最被認為的佳作是一九七三年的《母親三十歲》。這部片子最了不起之處，是竟然不經意的將渡臺的「外省人」拍得麼有韻味。可能他自己都沒有意識到。

那時是七十年代。如果在二〇二幾年的今天來看「外省人」三字，會愈來愈多可以探究的論述；然而在七十年代，他拍得那麼隨意、不張揚，卻透出了他對故鄉之遠去後在臺灣的人生境遇，這是一種涵蘊在血肉裡的天生情感，而宋存壽恰好「妙手偶得」了。

他的《窗外》（1973，一直無法公映），找了一個胡奇來飾演高中老師，與學生林青霞戀愛；胡奇的情懷，正道出了外省人來臺的狀態。

我已多年未再看《母親三十歲》，但常常想起片中一段情節。即金永祥過世後，許多朋友要為他料理後事，最後要為他的小孩安排「託寄」在何人家裡。東找西找，有一個遠方的表弟（武家麒飾），也是親戚中少數來到臺灣的。結果武家麒說他孤家寡人，自身環境也很艱難……噫，這一段戲，真是民國史裡太有意思的神來之筆！

《母》片的原作，出自小說家於梨華。不知是中篇抑是短篇？我沒讀過，甚至也沒聽過。但顯然是反映她那個年代的一件好故事，而宋存壽竟然找到了。

這四、五十年來，如今我可說宋存壽的《母親三十歲》、楊德昌的《牯嶺街少年殺人事件》二影片，加上王文興《家變》小說，堪稱在臺灣描寫外省人最富情韻亦最深刻的三本「民國鉅構」。

宋存壽是江蘇江都人，一九三〇年生。一九四九年山河變色，到了香港。後來與胡金銓同在印刷廠工作而常常聊及電影，繼而與同樣投身電影工作的蔣光、馬力、李翰祥、馮毅、胡金銓、沈重成了結拜兄弟。這也是一群自大陸南渡至香港的外省人不自禁流露的懷鄉情懷。

他先為羅維的電影公司編過劇本，後又在邵氏公司擔任過李翰祥片子的副導等職務。六十年代李翰祥到臺灣成立「國聯」電影公司，宋存壽才終於落腳臺灣，這時他眼中的臺灣，遂逐步形成。

七十年代末，我有幸和他結識，也聊過不少電影方面的話題。某次談及電影

《破曉時分》

《母親三十歲》

劇本之不易覓，我問他，心中有沒有最想拍的故事？他說有，一個是《浮生六記》，一個是《楊乃武與小白菜》。這兩個清代故事，皆早被拍成電影過；竟然宋存壽還想再拍，可見出他想表達他的詮釋。

表面上，宋存壽是傳統的民國人物，溫文謙和，但他有他的文藝眼光，有他的隱含在心底的時代洞察。也於是他如果取清代的看似舊日題材如《浮》、《楊》故事，搞不好拍成相當有新意、有見地的片子亦未可知。

《浮生六記》這部小說，多年來中港臺有多少的讀者，但什麼人能將之拍得動人呢？我想來想去，也只有宋存壽去拍，我會最想看。

也是七十年代末，某次我們幾個同學弄來兩部日本片錄影帶，在某個同學民生社區的家放映，一部是黑澤明的《羅生門》，另一部是小津安二郎的《晚春》。

那天也邀了宋導演同去觀賞。看完後，宋導演對《晚春》頗有讚嘆。且在觀片時，他亦看得很入神。那是我們第一次看小津的電影。

這都是幾十年前的往事了。

——二〇二一年一月三十日。

給《月光少年》製作群的一封信

——兼看臺灣電影的紈絝性靈

一個少年，孤單單的走在臺北市的路巷。九十年代的臺北。但他穿的卻是六十年代學生式的服裝。他的人生，似乎不在乎四季，白襯衫外永遠罩著黑色毛線背心。就這麼走著，沒有同伴、也沒有地方供他停留。而他多所流連的地方，有兩處，一是中山堂，一是臨沂街附近某幾條巷子；兩個很不九十年代的地標。

這樣的少年，或會令人猜想：他是不是渴望進入一個場所（某幢房子？）或是一種狀態（某樣生活現象？）。

直到有一天，很多年後的一天，他看到一個少女，似曾熟識的少女，並跟蹤她，而這少年一逕苦苦存念的東西（不能進入的家門、他的嚴父、慈母、以及樣樣比他傑出的姊姊），以及本片導演迂迴要講不講的故事，至此才要半撥開雲霧半又攪動水紋的慢慢展敘出來。

這個九十年代猶不脫掉六十年代衣服的「月光少年」，不啻稱得上頑固任性，他非要那樣不可。而這部電影的編導人員，顯然也頑固任性。他們非要選這樣令人不甚清晰有感的時代背景（誰管你什麼中山堂、三輪車的）。非要選很不合時宜的少年情境（幹嘛不是林志穎）。非要選這樣一個親情浩瀚的老派故事來講卻又講得幽幽曲曲令其懸疑，雖然觀眾在片子後段看到老母親說「媽不苦……這些年也是你陪媽……」等節不禁落淚，並可能因此才逐漸發現這片中「魂」、「夢是反的」、「快死的人才會和靈異狀態碰觸」等節之設計竟是如此別具用心時，卻仍然不免在前段之時空交錯、不立見正文之進行中頗有可能失去其九十年代之耐性。

《月光少年》的製作諸君，導演余為彥、製片吳悟功、策畫侯德健，奉勸你們切不可拿任性來賭觀眾的耐性。須知已有很多年臺產片打不過港產片，便是輸在這件上。臺產片的編導人員（甚至製片人員）硬是比港片同仁要任性得多。而近年臺灣的新聞局也好，影評人、學者也好，也不自禁的通然襲有這種任性，他們竟然放任這種拍片方式。

放任這種搞不好傾家蕩產，只一意認定四百萬優片輔導金加上三、四百萬錄影帶版權費這種家中恆產可用以坐吃山空的浪子情懷。他媽的，我們臺灣也太富了吧。香港片就知道撙節之要，他們每一個鏡頭都設計到能估出可以賺進多少銀子、賺得多少觀眾立時的激昂。香港的電影工作者，大概都當過家，知道柴米貴。

《月光少年》的製作群，顯然是一群無視柴米貴的紈絝子弟，好好的「事後對嘴」不用，硬是要去同步收音，還去啟用 DAT（數位操控錄音）這種新法，以求在剪片時避去不易在臺借到 Steenbeck 六盤式剪接機之窘境，又能在 EMC2 過光碟剪接後再回影片時省下磁性聲片的費用，然而這種巧思，再加上「真人與卡通結合」這點，頂多只能替國片困厄科技演進史效了綿薄貢獻，卻在國片尋找觀眾的商業史上，有極大可能還是倔強的留在原地。

且看這個悲苦的家庭間親情之愛的故事，卻又有近似鬼片之約略予人桓貌，使它給觀眾之定位，相當疏隔不易。似此種難明白點出類型的電影，（加上何平的《十八》、陳國富的《只要為你活一天》、黃明川的《寶島大夢》等令人不能頓然知解的片名）可看出臺灣這些富家新起導演們尋求體例之絕新意圖與老練世故（懶洋洋的美國片還在不疲於拍些《終極保鑣》、《桃色交易》這類腐片，以求，離開窮境？）

英國的影評人東尼・雷恩斯（Tony Rayns）及日本的導演林海象，都不約而同地對臺灣的電影族類流露出一種羨慕之情，羨慕他們富家子弟的那份放任性靈。須知臺灣電影沒啥賣錢的，但這些電影人硬是就這麼幹，這些富家子，不僅侯孝賢、楊德昌、王童、余為彥、蔡明亮等這些導演，不僅吳悟功、張華坤這些製片，詹宏志、侯德健這些策畫，不僅焦雄屏、李幼新、路況、王墨林這些影評人，甚至電影處長楊仲範，中影副總徐立功，以及無數的攝影、燈光、場務等等眾人，竟都還敢於在這樣的空無下大膽的享受性靈，真是令人驚異。難道說，這樣的好時光未必還能有多久，非得及時行樂不可？

——原刊《中國時報・人間副刊》，一九九三年五月二十七日。

從侯孝賢說起，也及楊德昌與臺灣新電影

前些日子，金馬獎的「終身成就獎」頒給了導演侯孝賢，真可謂實至名歸。過世已十三年的楊德昌，如果還健在，也應該在他七十多歲左右（他與侯導同年，皆生於一九四七）會獲頒終身成就獎。本文就來談談他們二人，也說一點臺灣新電影。

從一九八二年的《光陰的故事》到一九八九年的《悲情城市》，再到一九九一年的《牯嶺街少年殺人事件》，這樣的十年過程，臺灣電影完全攻下了全世界觀看藝術電影的影迷們心中的美學殿堂。甚至令太多的學術大師、電影史家、影展召集人等反反覆覆深度的討論。

這一時期的電影，被稱為「臺灣新電影」。這也就是後來文藝青年心目中所認定的臺灣電影，應該就是那樣的電影。這就影響了後面好幾個世代他們觀看影像的角度。

從此年輕人談起電影，已不大會聊七十年代以前的電影。

臺灣新電影，出現了一種新的美學。他們的取材，他們說故事的方法，他們的選景，他們的用鏡，還有那質樸無華的表演（或說，不太專業的表演法）。

這是臺灣特有體質下產生出來的創作形式。

先是，臺灣沒有長篇小說或日本大河歷史小說劇的傳統，也不大有從小說改編成電影的優良環境。電影界又一直缺乏劇本人才，而新電影的導演們又極想摒棄五十年代以來的文藝腔，又對六十年代瓊瑤式言情故事的無感，再加上對七十年代客廳、餐廳、咖啡廳三廳電影的厭煩，但又不見得能拍出西洋好萊塢驚心動魄之影片，甚至還沒法比得上鄰近有成熟的商業類型片為基礎的香港，一籌莫展之下，只能「反求諸己」，一步步摸索、嘗試，終於拍出了可稱為「成長片」那樣的作品。

結果沒想到，這樣平平淡淡的臺灣影片，在亞洲也受到了注目，尤其是日本、韓國的追隨者，也多不勝數。

侯孝賢有一次去參加韓國釜山影展，他一下飛機，許多韓國已經成名的大小導演及演員早就滿滿的站了一排，等著迎接他。碰上面後，他們急著告訴侯導，說：「是因為看了你的電影，我們才想從事電影工作的！」

他們一定是從侯導電影裡，看到了人在少年時如何摸索迷惘的人生、如何講故事、如何把鏡頭對著該對著的地方，等等的方法。

法國影后茱麗葉・畢諾許某次在臺灣金馬獎臺上說：「你們不知道，在歐洲，影迷們多麼喜歡他……」

而日本學者蓮實重彥也說到侯孝賢、楊德昌是亞洲最了不起的導演，放在全世界也毫不遜色。

侯孝賢有一次談到楊德昌的貢獻，他說：「楊德昌從美國回來，帶回來一雙眼睛；這雙眼睛看到的臺灣，我們一直待在臺灣的人反而都看不到了。」

侯導又有一次說：「楊德昌的鏡頭，比較懂女人。他會細膩的察覺到女人的心思。而我比較把鏡頭聚焦在男兒的世界。所以從他的鏡頭裡，我發覺我比較不懂女人。」

啊，說得真好。楊德昌喜歡拍愛情。只是他絕對不會去拍瓊瑤式的那種文藝愛情片。他必須自己去探索他的時代男孩女孩大家怎麼認識與交往，怎麼結合在一起、又怎麼互相受不了對方……，然後他要找出他看到的時代的情感的問題，也要找出那些女子的原型。譬如說他讓金燕玲飾演《牯嶺街少年殺人事件》裡張震的媽媽，或許金燕玲具有他童年看他周遭那些媽媽的形象。他假如要安排一個「太妹」般的女孩，那他就找張盈真，來演《光陰的故事》中石安妮的姊姊。

楊德昌曾在聊天中說到，五十年代香港的國語片，有一個尤敏，他特別欣賞。

一九八三年的《海灘的一天》，是一部少有的當年描寫女性、描寫愛情的佳作。片中的張艾嘉、胡茵夢都令觀眾印象深刻。並且把臺北這都會中的人與人發生的故事敘述得極有韻味。

這部片子，就像侯孝賢說的「他從美國回來，帶回來了一雙眼睛」。

《海灘的一天》上片時，我人已到了美國，我是在美國的大學城看到這部片的。看的時候，突然想起同學余為彥（他是楊德昌許多重要片子的製片，包括最重要的《牯嶺街少年殺人事件》）在前幾個月跟我聊到，說楊德昌和昔年的同學見面，有一次還去了海邊，他的不少同學有的結婚，事業也有了成績，有的找不到人生的方向，有的甚至離了婚，這個臺北和他出國以前的臺北，竟然很不一樣了⋯⋯⋯⋯。

哇，想到這一段，難怪楊德昌要拍出這麼一部電影！原來他早就在構思了。

《海灘的一天》的攝影，是杜可風。他在後幾年拍王家衛《重慶森林》（1994）時是他名氣的最高峰。杜可風是澳大利亞人，英文名是Christopher Doyle，為了學中文來到臺灣，那是七十年代。後來喜歡舞臺劇，參加了金士傑的「蘭陵劇坊」。後來又迷上了攝影，和攝影大師張照堂時常聚在一塊，有一段時間還參與雷驤的《印象之旅》紀錄片，砥礪了他的攝影功力。雷驤是很有風格的小說家，在六十年代與陳映真、七等生、劉大任等作家一樣受人矚目。這一、二十年許多年輕人不見得認識他，反而是他的音樂家女兒雷光夏，很多人倒是熟悉。

侯孝賢喜歡用的攝影師，是李屏賓。李屏賓的作品太受人喜歡了，於是不只是香港、大陸找他攝影，西方國家也找他。

臺灣新電影的特色，其中有一點是，要摒棄六、七十年代國片的「事後配音」。因為那完全呈現不出表演時的感情。這一來，必須「現場收音」，或說「同步錄音」。這時出了一個「聲音的大師」，便是錄音師杜篤之。那時他們為了不要收到雜音，連攝影機的馬達也要蓋上一兩床棉被來滅音呢。

剪接師呢，侯導喜歡用廖慶松，楊導則喜歡用陳博文。這兩位，早就是剪接界的大師了。香港的王家衛，喜歡用張叔平。但侯導和楊導，甚至王導，喜歡用的錄音師，都是杜篤之。

侯孝賢被稱為是「長鏡美學」的大師。他往往用遠景或定在一個鏡頭上很長時間，卻教觀眾仍然看得津津有味。並且他還常用旁白，有一點紀錄片的那分韻味，並且將感情放得比較遠而平淡。評論家不只一次問到這分美學，侯導都說，有時鏡頭遠是因為非職業演員並沒法表演得很流暢等等，其實侯孝賢本身看事物，有一種隔著距離卻又完全洞悉的過人天分。

或許由於他很會看，會看到不商業的故事照樣能透過鏡頭做出有意思的劇情。你去想，怎麼會有人要去拍《冬冬的假期》這樣的電影？《冬冬的假期》怎麼可能是商業電影老闆想到投資的故事？在香港，有人會這樣構思電影題材嗎？

這就是臺灣新電影和香港或和太多地區不同的地方。臺灣有它太過特別的體質，它太沒有市場了，它太構不成商業了，於是索性拍你自由想要拍的東西吧。

又因為不可能有投資人了，乾脆把房子抵押了去拍。而侯孝賢還真這麼幹了。

有一次日本大導演黑澤明跟侯孝賢會面，他告訴侯孝賢，他最喜歡的是《戲夢人生》，黑澤明說他看了四遍。

而《南國再見，南國》（1996），美國導演柯波拉，就是拍《教父》的那一位，他在影展中也看了不只一遍。

以下是楊德昌、侯孝賢的幾部代表作，各位可以隨時找來看看。

楊德昌的一九八二年《光陰的故事》的《指望》那一段。一九八三年《海灘的一天》。一九八六年《恐怖份子》。一九九一年《牯嶺街少年殺人事件》。一九九六年《麻將》。二〇〇〇年《一一》。

侯孝賢一九八四年《風櫃來的人》與《冬冬的假期》。一九八五年《童年往事》。一九八六年《戀戀風塵》。一九八九年《悲情城市》。一九九三年《戲夢人生》。一九九六年《南國再見，南國》。

以上只是將楊導、侯導兩人的幾部名作，稍微選取出來，令大家有個概略。

臺灣新電影的健將，不只他們兩位，有太多可談的材料，以後找機會再詳細來談。只是侯導、楊導兩人在新電影刻下的痕跡最豐富完備，影片也最有代表性，是那個時代很珍貴的寶藏，所以這篇內容就完全專注在他們二人身上。

——二〇二〇年十二月五日。

楊德昌和舒國治
一九九〇年冬在屏東糖廠拍攝《牯嶺街少年殺人事件》。攝影／王耿瑜

聯合文叢 765

閒中觀影

作　　者／舒國治
發 行 人／張寶琴

總 編 輯／周昭翡
主　　編／蕭仁豪
資深編輯／林劭璜
編　　輯／劉倍佐
資深美編／戴榮芝
業務部總經理／李文吉
發行助理／詹益炫
財 務 部／趙玉瑩　韋秀英
人事行政組／李懷瑩
版權管理／蕭仁豪

法律顧問／理律法律事務所
陳長文律師、蔣大中律師

出 版 者／聯合文學出版社股份有限公司
地　　址／(110)臺北市基隆路一段178號10樓
電　　話／(02)27666759轉5107
傳　　真／(02)27567914
郵撥帳號／17623526 聯合文學出版社股份有限公司
登 記 證／行政院新聞局局版臺業字第6109號
網　　址／http://unitas.udngroup.com.tw
E-mail:unitas@udngroup.com.tw

印 刷 廠／約書亞創藝有限公司
總 經 銷／聯合發行股份有限公司
地　　址／(231)新北市新店區寶橋路235巷6弄6號2樓
電　　話／(02)29178022

出版日期／2025年1月　初版
2025年3月3日　初版二刷第一次
定　　價／390元

ISBN 978-986-323-660-3（平裝）

國家圖書館出版品預行編目資料

閒中觀影 / 舒國治著 . -- 初版 . -- 臺北市 :
聯合文學出版社股份有限公司 , 2025.01
256 面；14.8×21公分. --（聯合文叢 765）
ISBN 978-986-323-660-3 (平裝)

1.CST: 電影 2.CST: 影評

987.013 114000059